Super ET

Dello stesso autore nel catalogo Einaudi

La separazione del maschio
Momenti di trascurabile felicità

Francesco Piccolo
Storie di primogeniti e figli unici

con una nuova postfazione dell'autore

Einaudi

Edizione pubblicata su licenza Giangiacomo Feltrinelli Editore, Milano

www.einaudi.it

ISBN 978-88-06-21036-6

Storie di primogeniti e figli unici

Ai miei genitori

Dal lato della strada

Quando ero piccolo, e andavo a scuola insieme a mio fratello, mia madre mi diceva di tenerlo per mano, e questo mi sembrava giusto e anche responsabile. Quello che non capivo è perché mi diceva sempre: «mi raccomando, quando passate per quella strada dove non c'è il marciapiede, mettiti sempre tu dal lato della strada, dove passano le automobili». Io lo facevo, e lo facevo con diligenza, ma ero molto dispiaciuto. Per me significava: «io spero che nessuna auto vi butti sotto, ma se proprio dovesse succedere, preferisco che muoia tu piuttosto che lui».

La cosa mi rendeva abbastanza agitato. Anche perché, ogni volta che le chiedevo un po' piú di nutella nel panino, lei diceva che non era giusto, e che eravamo tutti uguali; e a quel punto non ho mai avuto il coraggio di risponderle: «e allora se siamo tutti uguali, la mattina dal lato della strada si mette chi capita, o facciamo una mattina per uno, cosí le possibilità di essere investiti sono alla pari». Confesso che ho piú volte avuto la tentazione di lasciare lui, dal lato della strada; ma mi mettevo una paura del diavolo, perché sono sicuro che se si fosse spiaccicato sotto un'auto, le avrei prese di brutto, perché sarebbe stato evidente che avevo lasciato lui dalla parte piú pericolosa, disubbidendo. A dire la verità, avevo già preparato una scusa: avrei detto con voce incredula che era stata colpa di un pazzo che con il motorino aveva tentato di passare rasente il muro e aveva colpito in pieno mio fratello; questa spiegazione non soltanto mi sembrava credibile, ma mi avrebbe pure consentito di fare a mia madre una lezione morale, del tipo «in nessun luogo si può essere al sicuro quando il destino ha scelto, nemmeno dalla parte del muro».

Ora, che lui si spiaccicasse mi importava sí, ma fino a un certo punto, anche perché i miei precoci calcoli economici mi suggerivano che, rimanendo l'offerta di nutella alla stessa quantità e dimezzandosi la domanda con la dipartita di mio fratello, io avrei ricevuto chiari vantaggi, raddoppiando il fatturato. Ma anche le leggi economiche hanno il loro freno morale, e allora, nonostante il fatto che mentre pensavo queste cose con l'anca mi veniva da spingere leggermente mio fratello verso il centro della strada, poi la smettevo subito pensando al tradimento nei confronti di mia madre, alla punizione che avrei ricevuto facendo le dovute proporzioni. E cioè: se la pena per una parola sconcia era di due sberle e due ore chiuso in camera, figuriamoci quella per l'assassinio di mio fratello. E poi non avrei avuto piú chi mi passava la palla mentre giocavo giú nel parco.

La verità però è un'altra: quello che mi premeva di piú era non tradire mia madre; credevo molto in lei, nonostante preferisse che un parafango colpisse me piuttosto che mio fratello, e andavo a scuola come un eroe alla guerra pronto a sacrificarsi per la patria. Non appena svoltavamo l'angolo e scendevamo dal marciapiede, passavo mio fratello da una mano all'altra e lo tenevo dalla parte del muro, mentre io, con la tristezza nel cuore, mi tenevo dal lato della strada, e ogni volta che passava un'auto o una motocicletta chiudevo gli occhi e aspettavo che il vento mi colpisse in pieno viso, e ogni volta poi tiravo un sospiro di sollievo. Certi giorni mi ponevo addirittura il dilemma se non fosse una disubbidienza anche quella di arrivare sano e salvo a scuola, ma poi mi convincevo facilmente che esageravo, e mia madre aveva fatto solo una lista di preferenze, e non voleva proprio ammazzarmi.

Me ne rendevo conto in maniera chiara quando uscivo con lei e, rifacendo lo stesso percorso, mi teneva al riparo dalla strada con il suo corpo: faceva con me quello che aveva chiesto a me di fare con mio fratello. A quel punto rivalutai la mia posizione, pensando che se si sacrificava lei stessa, potevo farlo benissimo anch'io. Era un circolo: una volta protettore, una volta protetto. Però quello che non riuscivo a sopportare era che alla fine del circolo c'era mio fratello che non moriva mai perché non proteggeva nessuno, e all'inizio c'era, che so, mio nonno che rischiava la vita tutti i momenti, proteggendo tutti, e finivo per credere che camminasse sempre al centro della strada anche quando stava solo, non foss'altro che per il sollievo di sentirsi sollevato dall'incarico qualora un'auto l'avesse sollevato da terra.

Quando poi mio nonno morí per davvero, nel suo letto e non perché gli fosse passata sopra una Ferrari Testarossa, che io poi pensavo si chiamasse cosí per le conseguenze causate a quelli che investiva – anche se quando seppi del decesso chiesi a mia madre com'era avvenuto, sperando proprio che un'auto incurante delle leggi stradali avesse salito le scale e fosse penetrata fino a dentro la camera da letto colpendo in pieno mio nonno, cosí avrei potuto dire ancora una volta, col dito indice sollevato a rimprovero: «quale migliore esempio per capire che in nessun luogo si è davvero al sicuro quando il destino ha scelto, nemmeno nel proprio letto», e il destino per me aveva sempre la forma di un'auto impazzita nel centro storico; quando morí mio nonno, la situazione si fece piú chiara perché mia nonna, non sua moglie, ma l'altra nonna che avevo, aveva detto il giorno dei funerali «e non era meglio che morivo io?», non per una scala di valori, s'intende, ma perché lei, diceva, aveva dieci anni di piú, e sarebbe stato piú giusto che fosse morta lei. Ragionamento impeccabile, che faceva luce su tutta la questione della vita, della morte e sul fatto che io dovessi stare dalla parte della strada quando uscivo con mio fratello e dalla parte del muro quando uscivo con mia madre. Pensavo anche che, secondo questa logica, prima che toccasse a me di stare sempre dal lato della strada, come era stato per mio nonno, mancava molto tempo, e allora mi sentivo rasserenato. Mia nonna poi prese a dire ogni volta che moriva qualcuno: «e non era meglio che morivo io?», anche quando il deceduto aveva due mesi meno di lei, tanto che mi costringeva a risponderle: «e vabbe', nonna, per due mesi non fa niente». Ma la logica di mia nonna era ferrea, e il tempo passava e diventando sempre piú vecchia, c'erano sempre meno possibilità che morissero persone meno giovani di lei, e ogni giorno, quando sentivamo di un decesso, lei diceva quella frase. Per un periodo, lo faceva anche quando alla televisione dicevano che i terroristi avevano giustiziato il Tale rappresentante eccetera eccetera; lei, incurante dei fattori politici che pure sembravano determinanti, diceva «e non era meglio che morivo io?» Finí che tutti noi pensammo che sarebbe stato veramente meglio che morisse lei, non fosse altro che per non sentire piú che sarebbe stato meglio che fosse morta lei. L'avremmo offerta volentieri in cambio di qualche malato piú giovane, per farla contenta, ma non ci sarebbe stato nulla da fare. Pare che la legge dell'educazione e della precedenza ai piú anziani fosse prerogativa della mia famiglia, ma fuori, nel mondo, non ne tenessero molto conto.

In verità l'avevo già sospettato, perché non ero il solo che arrivava a scuola con un fratello piú piccolo; anche altri miei compagni, o ragazzi piú grandi, e gli stessi genitori che accompagnavano i figli fino a scuola, usavano il piú delle volte il sistema della casualità, per chi dovesse stare dal lato della strada. Io non guardavo altro, nel tragitto da casa fino a scuola e in particolar modo nella stradina piú stretta, dove non c'era il marciapiede. Non guardavo altro che la composizione delle famiglie partendo dal muro verso la strada e notavo con scrupolo se ci fosse la costanza che c'era in noi nel pensare a questa cosa. Notai per esempio che Barone, uno che stava nel banco davanti al mio, aveva lasciato la sua sorellina per quattro giorni consecutivi dal lato della strada, e quando già pensavo fosse un delinquente e avesse in mente l'omicidio premeditato, al venerdí si presenta con la sorella dalla parte del muro. Qualcuno evidentemente se n'è accorto, penso. E invece il sabato di nuovo al contrario, la domenica non lo so perché era festa, e il lunedí di nuovo lui dal lato della strada, ma sulla sponda opposta. Scoprii alla fine che non solo non aveva criterio, ma Barone cambiava pure la sponda dove camminare, e percorreva la strada da quella parte dove noi non l'avevamo mai percorsa, nemmeno sulla via del ritorno. Quei Barone erano gente senza rigore, senza punti di riferimento precisi. In fondo, ero contento che noi avessimo un criterio rigoroso, sapevo di rischiare la vita al posto di mio fratello, ma sapevo anche che quando uscivo a fare la spesa con mia madre, almeno io sarei tornato a casa sano e salvo. Tutto aveva una logica. E odiavo il fatto che il mondo non la seguisse, e cominciai a capire che mia nonna aveva ragione di sentirsi addolorata quando moriva uno piú giovane di lei, e quella frase era anche un grido di ribellione contro un mondo che non voleva seguire una regola giusta.

Sí, perché avevo capito che in fondo quella regola era giusta. Una volta, a tavola, mentre si parlava della morte di un bambino appena partorito da una lontana parente, volli anch'io essere giusto come mia nonna, e dissi con voce sicura: «e non era meglio che morivo io?» Mio padre mi tirò uno schiaffo tanto forte che mi si annebbiò la vista, e oltre alla vista si annebbiarono di nuovo le mie convinzioni, conquistate con tanta fatica. Non ci capivo piú nulla, e ricordo che per tre giorni, per dispetto, non passai mio fratello da una mano all'altra e lo lasciai dal lato della strada, pensando continuamente a cosa avrei risposto ai miei genitori se fosse stato investito: «perché dovrei morire al posto suo e non al posto di quel bambino ancora piú piccolo, per il quale anche mio fratello avrebbe dovuto chiedere di morire al suo posto, come ci ha insegnato la nonna?» Mi sembrava già di vedere i miei genitori sconfitti da un ragionamento cosí puro, cosí coerente con il nostro modo di pensare, e avevo tanta voglia di vederli ammutoliti che quasi gliela davo la spinta a mio fratello. Ma in quell'attimo vidi Barone davanti a me che teneva la sorella dalla parte del muro, e allora non ebbi piú il coraggio. Eppure fu l'ennesimo inganno da parte di Barone: il giorno dopo la sorella era di nuovo dal lato della strada, e io non ci capivo davvero piú nulla; alla sera, quando mia madre venne a darmi il bacio della buonanotte nel letto, le dissi piangendo: «mamma, io non ci voglio piú andare a scuola». Lei disse di non fare i capricci, ma io insistevo. Allora chiamò mio padre, il quale si sedette sulla sponda del letto e mi accarezzò, chiedendomi con dolcezza perché piangessi. «Ho deciso che non voglio piú andare a scuola» dissi. Mi tirò uno schiaffo tanto forte che mi si annebbiò la vista. Piansi tutta la notte, ma all'alba avevo ormai preso la mia decisione: a scuola ci sarei andato, e va bene, ma da oggi in poi avrei fatto uno sforzo per non pensare a nulla fino all'imbocco di quella strada maledetta. Voltato l'angolo, avevo deciso che come ci trovavamo, cosí avremmo continuato: chi si trovava dal lato della strada, avrebbe continuato a starci. Mi ero messo dalla parte del mondo, dalla parte dei Barone e della loro casualità.

Ebbi subito tante difficoltà. Fin da quando scendevo le scale mi costringevo a pensare ad altre mille cose, cantavo, ma appena partivamo da sotto casa non potevo fare a meno di pensare che in quel momento preciso stavo per determinare la posizione che avremmo ritrovato poi all'angolo prefissato; il problema continuava a esistere, fino a quando non decisi di fare la conta. Ci fermavamo dietro il muro e al mio via le nostre mani facevano comparire dei numeri, li sommavamo, e a chi finiva la conta a quello toccava di stare dal lato della strada. Dopo pochi giorni, però, non potei fare a meno di notare che mio fratello tirava fuori sempre l'indice e il medio, sempre due, e cosí non potevo fare a meno di pensare che quella conta dipendeva soltanto dal numero che tiravo io, visto che il suo era sempre lo stesso. Facevo mille sforzi, ma alla fine dovetti arrendermi, perché non potevo non pensarci, non potevo non tentare di fare uscire la conta a me, visto che era come se la facessi da solo. Tentavo di non pensarci, ma era impossibile. Non avevo il coraggio, dovendo decidere da solo, di lasciare lui, piú piccolo, dal lato della strada.

Anni dopo ho scoperto la storia dei geni ereditari e tutte quelle cose lí, e ho capito finalmente che la questione del lato della strada era stata programmata dentro di me fin dal momento della nascita, era un fattore della mia famiglia, e io non avrei potuto smettere di pensarci.

Tempo ne era passato da quello schiaffo, e la rabbia era svanita del tutto; cosí un lunedí mattina ripassai la mano di mio fratello da una mano all'altra, tenendolo vicino al muro. Lui però volle fare la conta lo stesso, perché si divertiva, e per non farlo piangere la feci, e cosí ogni mattina, ma tanto lui continuava a buttare due, e vincevo facilmente, e ci incamminavamo infreddoliti verso la scuola, e io felice chiudevo gli occhi per sentire il vento delle auto che mi sfioravano. Barone e la sorella, quelli non li guardavo neanche piú.

Il portiere del condominio

Glielo vorrei dire, ma non saprei proprio come fare: non gli ho mai detto nulla. Le uniche parole che ci scambiamo da anni, sono queste: «Giovanni»; «Domenico».

Giovanni è il mio nome, Domenico è il suo. Ogni mattina, quando esco, richiudo piano la porta e scendo le scale: lui è lí, a lavare le scale o l'ingresso dello stabile. Comincia dall'ultimo piano e arriva fino al piano terra, tutti i giorni. Quando mi vede, alza appena il capo e dice: «Giovanni».

Che vuol dire: «Buongiorno Giovanni». E forse pure: «Come va?»

E io rispondo: «Domenico».

Che vuol dire: «Buongiorno anche a lei, Domenico. Spero che non sarà una giornata faticosa» o roba del genere.

Ma non riusciamo a dire altro che i nostri nomi: «Giovanni»; «Domenico». Ogni mattina quando esco, e ogni volta quando torno all'ora del pranzo – il pomeriggio lui va via. Cosí, da anni. In qualsiasi circostanza; in qualsiasi stagione. «Giovanni»; «Domenico».

Una volta, una vigilia di Natale di qualche anno fa, disse – lo ricordo cosí bene: «Giovanni, è Natale». Restai stupito, e per qualche attimo cercai di capire cosa volesse dire. Poi risposi: «Sí, Domenico, è Natale» e quel giorno pensai che finalmente i nostri rapporti sarebbero cambiati. Ma poi il giorno dopo lui era in ferie e nei giorni seguenti non fu piú Natale, e cosí per tutti i mesi successivi, quando ormai un anno intero di «Giovanni» e «Domenico» avevano allontanato la confidenza di quel giorno. E alla vigilia di Natale dell'anno seguente, scendendo le scale con una speranza remota ma viva, gli andai incontro deciso. Lui alzò per un attimo la schiena dalla scopa e disse senza indecisione: «Giovanni». Non potei fare altro che rispondere: «Domenico». Da quel giorno mancarono aggiunte al nostro saluto. Anche alla vigilia di Natale o in altre festività.

Glielo vorrei dire a Domenico, ma ho il timore di offenderlo. Dovrei rivolgergli la parola dopo tanti anni di «Giovanni» e «Domenico», per muovergli un rimprovero. Eppure qualcuno dovrà farglielo notare. Ho già pensato di confidare la mia scoperta a uno dei vicini, in modo che sia lui poi a dirlo a Domenico. Piú spesso, ripeto a me stesso che sarebbe un dovere dirlo all'amministratore, la prossima volta che andrò a pagare la rata condominiale: ma poi finisce sempre che mi perdo nel mare di firme che mi fa mettere su fogli vari dove, a mano, traccia schemi complicati ed evidenziati con colori diversi, grazie ai quali si può intuire con un solo colpo d'occhio chi ha già pagato condominio e riscaldamento e chi non ha pagato ancora. E non solo: anche chi paga il giorno indicato dall'avviso e chi nei giorni successivi, cioè in ritardo. Mi fa firmare, ritira i soldi, li conta due volte, mi fa firmare un altro foglio, poi comincia a depennare il mio cognome su varie liste, cerca e stacca alcune ricevute con il marchio Buffetti, una diversa dall'altra, e di sicuro piú del necessario. E cosí mi distraggo; per dire meglio, mi perdo. E finisco per non dirlo nemmeno all'amministratore.

Eppure è proprio a lui che dovrei dirlo, visto che si arrabbia tanto e ogni volta minaccia le dimissioni – ma tutto il condominio confida molto, e a ragione, nella sua passione per la computisteria. E infatti non si dimette, ma si arrabbia. Ogni mese. E ce l'ha sempre con le stesse persone: la signorina che abita al piano terra, e le famiglie Visco e Cortese, del primo piano. Dico le famiglie perché ce l'ha anche con i figli, poveri innocenti, e urla sempre che non devono scendere nel parco prima che scocchino le cinque del pomeriggio.

Quando vado a pagare la rata condominiale e quella del riscaldamento, quasi sempre con due o tre giorni di ritardo, l'amministratore ha già depennato quasi tutti gli altri col pennarello verde (che sta a indicare la puntualità). Ora depenna me, con quello giallo, e sbirciando vedo che qualche altro «giallo» c'è, ma siamo in pochi. E se riesco a dare un'occhiata piú lunga, posso vedere che Palazzi – la signorina del piano terra –, Visco e Cortese non hanno nessun segno colorato. L'amministratore si sfoga con me come ha già fatto con tutti gli altri, è esausto, vuole dimettersi, e cerca in me un altro complice, e per tirarmi dalla sua parte è disposto pure a perdonare il fatto che, in fondo, io sono un giallo cronico. E neanche questo gli piace.

A quel punto, dovrei dirglielo; ma sento sempre una voce che me lo impedisce, che mi sussurra di farmi i fatti miei. Come del resto fanno anche gli altri, che danno evidentemente ragione all'amministratore, ma poi nessuno si prende la briga di parlare con Palazzi, Visco e Cortese, e di esortarli a una maggiore puntualità nel pagamento. Già, ma probabilmente gli altri non sanno quello che so io.

E cosí passa un altro mese, e la signorina Palazzi e le famiglie Visco e Cortese, a dieci giorni dal mancato saldo, saranno ancora una volta depennate col pennarello rosso, a indicare la gravità del ritardo. Poi l'amministratore manderà loro una lettera raccomandata che ingiunge di pagare con urgenza la rata condominiale; e infine riceverà i soldi in silenzio, perché non rivolge la parola a Palazzi, Visco e Cortese da non si sa piú quanto tempo. E io mi sento un po' responsabile: perché so che c'è un motivo per cui i tre non pagano in tempo, e l'ho scoperto.

È colpa di Domenico. Ed è per questo che non trovo il coraggio di dire questa cosa, e spero che qualcun altro la scopra e ne parli; perché non voglio la responsabilità di indicare nel portiere la causa dei conflitti che disturbano la quiete del condominio, né so come fare per suggerire a Domenico la maniera di modificare l'errore senza che nessuno se ne accorga. Sarebbe la soluzione migliore, ma il problema è che con Domenico non ho alcun tipo di confidenza, e non saprei da dove cominciare.

Quando torno dal lavoro per la pausa del pranzo, lo incontro nel parco in pieno sole, o nella guardiola, per le scale o in fondo alla lunga discesa che porta ai garage, e anche da lí sotto quando mi vede, urla: «Giovanni!» E io urlo: «Domenico!», e in quei momenti sento che potremmo dirci qualcosa in piú, sento che lui nel salutarmi da lontano vuole dimostrare cordialità, forse affetto, ma non so rispondere altro che «Domenico», e proseguire verso casa.

La stessa cosa succede qualche volta se esco un po' piú presto, o se lui comincia la pulizia delle scale un po' piú tardi; non lo incontro, ma sento il suo fischiettio uno o due piani piú in alto. E lui, che ha l'orecchio fino, riconosce i passi e urla: «Giovanni!» Da lí sopra. Si sente addirittura l'eco. Io continuo a scendere, e senza alzare troppo la voce, tanto so che ha sospeso la sua attività per sentire la risposta, dico: «Domenico», ed esco, guardando l'orologio per verificare chi dei due ha sforato con l'orario abituale.

L'ho scoperto per caso, che era colpa di Domenico. Abito al terzo piano. Quando esco, scendo sempre le scale; quando torno a casa, prendo sempre l'ascensore. Una mattina accadde questo: non avevo dormito bene, e quando suonò la sveglia ero distrutto da una nottata insonne. Ero cosí stanco, che andare a lavorare mi sembrava un'ingiustizia imperdonabile. Cercavo ogni scusa con me stesso per ritardare l'uscita, e quando chiusi la porta di casa, il rumore mi provocò un fastidio inusuale. Guardai le scale da scendere, ed ebbi un senso di nausea. Intanto Domenico aveva già sentito la porta chiudersi, e aveva urlato: «Giovanni». E io, quasi senza emettere suono: «Domenico». Ma credo fosse cosí attento da sentire lo stesso. Presi la decisione: voltai le spalle alle scale, e chiamai l'ascensore.

Succede cosí quando entri in un luogo abituale in un orario diverso dal solito: ti sembra di non averlo mai visto. Già il fatto che l'ascensore scendesse invece di salire, mi provocò un capogiro, poi mi misi a scrutare intorno, e mi sembrò di notare cose che per anni non avevo notato. No, non parlo delle scritte:

«Portata n. 5 persone. Peso 400 kg. L'uso dell'ascensore è vietato ai minori di anni 12 non accompagnati». Notai gli infissi di metallo negli angoli, le scritte col temperino che dichiaravano amore a una tale Daniela, i disegni sconci. E poi quella mattina guardai quell'avviso in maniera nuova, e ne fui illuminato, tanto che non m'importò che l'ascensore fosse arrivato al piano terra. Rilessi il contenuto come avevo fatto tante altre volte, perché sentivo che c'era qualcosa che mi turbava:

AI SIGNORI CONDOMINI ED INQUILINI

Sede

Si comunica che la rata condominiale del mese di marzo c.a. sarà riscossa nei giorni 3 e 4 marzo c.a. presso la monocamera condominiale alla scala A del parco dalle ore 19.30 alle ore 20.30. Si raccomanda la puntualità nei pagamenti.

L'amministratore

Fin qui, niente di strano. Avevo letto già altre volte questo avviso, quel mese e i mesi precedenti. Era da sempre affisso allo stesso posto, vicino ai pulsanti per andare ai piani, cosí da non poter sfuggire. Il 3 e 4 marzo c.a., poi, era passato da un pezzo, e non è vero che il pagamento poteva effettuarsi soltanto in quei giorni: l'amministratore si presentava nella monocamera condominiale alle 19.20 e spesso si tratteneva fino alle 21, e oltre; e ci andava anche fino a sei-sette giorni dopo la data prevista. Usava il pennarello verde per chi pagava il 3 e 4 marzo c.a., giallo per chi pagava nei giorni successivi, rosso per chi veniva raggiunto dalla lettera raccomandata.

Guardai con attenzione i caratteri della macchina per scrivere dell'amministratore, se ci fossero errori – neanche uno. Fu prima di uscire dall'ascensore che una sorta di illuminazione divina mi colse. Feci per mettere il piede fuori, e mi fermai di colpo. Ecco! Avevo trovato!

La signorina Palazzi, le famiglie Visco e Cortese abitavano tra piano terra e primo piano, quindi non usavano mai l'ascensore e non potevano leggere gli avvisi dell'amministratore. Era cosí semplice! In un attimo mi spiegai tutto. Il parco aveva tre scale. In una abitava l'amministratore, nell'altra il figlio coniugato. Andai a vedere. Nelle altre scale, gli avvisi erano affissi nel corridoio d'ingresso, a fianco alle cassette postali. Domenico aveva il compito di portare gli avvisi dell'amministratore soltanto nella nostra scala, e continuava ad affiggerli dentro l'ascensore. A noi dei piani piú alti tutto ciò sembrava normale, perché l'ascensore faceva parte del nostro percorso quotidiano, alla pari del corridoio d'ingresso, o del viale del parco. Ma per Palazzi, Visco e Cortese l'ascensore non esisteva, era un corpo estraneo alle loro consuetudini. Quindi non lo usavano, non leggevano mai nessun avviso e per questo non pagavano la rata fino a quando non venivano raggiunti dalla lettera raccomandata che, a giudicare dalla loro serenità, equivaleva a un semplice avviso di pagamento.

Avremmo dovuto accorgercene tutti qualche mese prima, quando in quella famosa assemblea condominiale, Palazzi, Visco e Cortese si presentarono alleati contro l'ordine del giorno, che al primo punto proponeva un contributo sostanzioso per sostituire il vecchio ascensore con uno nuovo. Si rifiutavano di partecipare al contributo perché non ne usufruivano, dicevano, e quindi era compito degli altri dividere le spese dell'eventuale sostituzione. Ma l'amministratore ce l'aveva già abbastanza con loro per poter cedere anche soltanto di poco, acconsentendo per esempio a un pagamento proporzionale. Nulla. Tenne duro. E i tre alla fine rispettarono la decisione di colui che avevano contribuito a eleggere, anche se forse si meravigliarono di un certo astio che avevano notato nei suoi occhi, ma forse era soltanto un'impressione: il preventivo per il nuovo ascensore venne approvato, non si sa quando si sarebbe provveduto alla sostituzione, dicevano che era una cosa piú complicata del previsto.

Quel giorno in ufficio ero ansioso, impaziente di tornare a casa; le ore non passavano, e avevo voglia di tornare nell'ascensore, e di mostrare a tutti la mia scoperta. Alla fine, arrivò l'ora del pranzo. Giunto sotto casa, vidi Domenico ed ebbi un sussulto: evitai di incontrare il suo sguardo, guardando a terra sentii «Giovanni», risposi «Domenico», proseguii a grandi passi. Infilai la chiave nel portoncino d'ingresso, entrai nell'ascensore. L'avviso era ancora lí: la prova della mia scoperta era palese. Ma subito mi resi conto che non avrei avuto a chi dirlo, e che rivolgere la parola a Domenico, per la prima volta dopo tanti anni, e per accusarlo di un errore che aveva determinato mesi e mesi di dissidi e rancori, mi sembrava troppo. Rimasi prigioniero del mio segreto, con la voglia di vendicare un'ingiustizia, ma con l'incapacità di farlo. Ogni volta che andavo nella monocamera condominiale, con i soldi contati perché l'amministratore non aveva mai il resto, mentre lui depennava il mio nome con un pennarello giallo e la testa dondolante a rimprovero, davo uno sguardo ai tre «inquisiti» che di nuovo non erano stati depennati, e sarebbero stati raggiunti dalla lettera raccomandata, e a momenti l'amministratore avrebbe cominciato il suo sfogo con me, cosí come probabilmente faceva con tutti gli altri. E forse, con quelli del pennarello verde, parlava male anche di noi gialli, prima di introdurre la questione di Palazzi, Visco e Cortese.

Intanto io continuavo a sperare che il malinteso fosse scoperto, e una volta ci andammo vicini. Non posso ancora credere che quella volta nessuno abbia capito. Tornando a casa all'ora del pranzo, entrai nell'ascensore e la luce non si accese. Capii che era guasto. E infatti vidi un cartello, vicino ai pulsanti, scritto con un pennarello rosso a caratteri grandi:

ATTENZIONE!!!

L'ASCENSORE È GUASTO. IN ATTESA DI RIPARAZIONE, È CONSIGLIABILE NON ACCEDERVI. POTREBBE ESSERE PERICOLOSO!

L'amministratore

Domenico aveva messo l'avviso di non entrare nell'ascensore, e l'aveva messo proprio nell'ascensore!

Eppure neanche quella volta gli altri condomini (e inquilini) furono colpiti dall'illuminazione che aveva abbagliato me quel giorno.

Restai a lungo nel corridoio d'ingresso del palazzo, facendo finta di riparare la mia cassetta della posta. Guardavo la gente che entrava e usciva, dicevo «buongiorno», la vedevo entrare nell'ascensore, guardarsi intorno con stupore, leggere il cartello e sbuffare infastidita. Speravo: guardavo ognuno fisso negli occhi, per invitarlo a capire, uno sguardo complice e disperato allo stesso tempo, ma tutto quello che riuscivo a ottenere erano frasi come «ci risiamo», e «ora voglio vedere quando si decidono a ripararlo», «in questo condominio ogni giorno ne succede una nuova» – e non è vero, perché in questo condominio non succede mai niente, nemmeno disgrazie come quella dell'ascensore guasto, ma per alcuni inquilini il tempo è come sospeso, e se l'ascensore si è guastato l'ultima volta tre anni fa, per loro è come se fosse successo ieri: lo ricordano cosí nitidamente.

Ricordano tutto, ma non capiscono nulla. Nessuno di loro disse come speravo: «signor Giovanni, non so se ha notato anche lei una cosa...» Nessuno. Quel giorno vidi in sequenza anche Visco e poi Cortese salire le scale senza nemmeno guardare l'ascensore, e la signorina Palazzi salutarmi con un sorriso mentre apriva la porta di casa.

Cosí, è arrivata questa estate. E non si è risolto nulla. Ma alcune cose sono cambiate: poco prima che tutti partissero per le vacanze, l'amministratore ha mandato una lettera raccomandata a condomini (ed inquilini) in cui si comunica che per il comportamento reiteratamente scorretto di alcuni condomini, comportamento che denota mancanza di fiducia nell'operato dell'amministratore, e di conseguenza mancanza di stima nei confronti dello stesso, egli rassegna le dimissioni, irrevocabili. Si dice rammaricato e amareggiato, e come ultimo atto, prima di abbandonare la nave, convoca per il giorno 25 corrente mese un'assemblea straordinaria, con un solo ordine del giorno: elezioni del nuovo amministratore.

L'ho incontrato la mattina del 25, mentre stava portando via dalla monocamera condominiale i suoi registri dove depennava i pagamenti secondo un sistema complicato, «troppo personale», ha detto, per poter essere utilizzato dal suo successore.

La sera, all'assemblea, c'è un'aria di indolenza dovuta alle partenze imminenti, e all'incapacità di trovare un sostituto degno. L'amministratore non è presente, «per una forma di correttezza». Si fanno alcuni nomi, ma è facile non mettersi d'accordo, un po' perché se questo piace a uno non piace all'altro, un po' perché se si trova uno sul quale tutti sono d'accordo, il prescelto non può accettare un incarico cosí oneroso per impegni di lavoro e familiari. Tutti sono alla fine d'accordo nel commentare che l'amministratore ideale è quello uscente, e sarebbe impossibile sostituirlo. Alla fine rimandiamo a dopo le vacanze.

Guardandomi intorno, vedo alcuni sguardi cattivi nei confronti dei tre «inquisiti», nella speranza che a quel punto si prendano le responsabilità di confessare le loro colpe; Visco, Palazzi e Cortese, ignari di tutto, continuano a scrutare uno dopo l'altro i condomini, probabilmente per cercare di capire chi ha offeso l'amministratore a tal punto da spingerlo a rassegnare le dimissioni. Gli altri sono evidentemente offesi da tanta sfacciataggine.

In agosto le auto parcheggiate nel garage sono poche, e schiere di balconi proteggono serrande calate fino a terra. Nel condominio non è rimasto nessuno, tranne me. E Domenico, tutte le mattine. Quest'anno, per la prima volta, ho deciso di non partire per le vacanze, mi sono procurato un lavoro straordinario e sono rimasto a casa. Non è poi cosí spiacevole; e un po' perché lavoro in solitudine, un po' perché il caldo è insopportabile, esco ogni mattina in pantaloncini corti. Scendo in garage a prendere la bicicletta, e lí trovo Domenico. A qualsiasi ora. Fa in modo di trovare qualcosa da fare in garage, perché è l'unico posto al riparo dal sole, e a volte è addirittura ventilato. Le scale sono sempre piú sporche, il garage sembra un salotto in esposizione.

Credo sia per questi pantaloncini corti e colorati, ma qualche giorno fa ha detto quando mi ha visto: «Giovanni, ce ne andiamo al mare», e io ho risposto «eeeh», come per dire: «sarebbe bello».

Non so se ha capito quel «eeeh»; o se ho capito cosa intendesse dire con quel «ce ne andiamo al mare»: se lo ha detto perché avendo visto un abbigliamento sportivo ha pensato che andassi al mare – ma con la bicicletta è improbabile; o se avesse voluto dire «chissà quando toccherà a noi andare al mare» – perché non capisco nemmeno se quell'uso del noi ci coinvolge in una strana complicità. Il fatto è che dopo anni da quella vigilia di Natale, mi ha rivolto di nuovo la parola. Adesso siamo rimasti noi due soli, e lui ogni mattina mi dice quella frase. Ogni mattina. Io scendo in garage e lui dice: «Giovanni, ce ne andiamo al mare». Io potrei andare verso di lui e dire: «Domenico, io non sto andando al mare, non ci andrò mai quest'anno. Però Domenico, senta, noi dobbiamo parlare: io so tutto». Gli direi dell'errore grave che sta causando un incidente diplomatico quasi insanabile, gli proporrei di andare insieme a parlare al vecchio amministratore e poi con Visco, Cortese e la signorina Palazzi, il giorno stesso che tornano dalle vacanze. Sono convinto che si aggiusterebbe tutto, l'amministratore ritirerebbe le dimissioni e i tre morosi comincerebbero a pagare in tempo o appena fuori tempo come qualcuno di noi – e in tal caso sarebbero depennati con un innocuo pennarello giallo. Vivremmo tutti piú sereni, e Domenico in fondo avrebbe una strigliata dall'amministratore, niente di piú. Io farei anche la parte dell'investigatore furbo e del paciere, e tutti riconoscerebbero i miei meriti.

E invece di tutto questo, continuo a rispondere «eeeh», che vuol dire «mi piacerebbe...», «magari!» o forse non vuol dir niente, ma continuo a rispondere in questo modo perché in questo modo ho risposto quando Domenico ha detto per la prima volta «Giovanni, ce ne andiamo al mare». «Eeeh». Poi salto sulla bici e vado in fondo al garage e da lí prendo una lunga rincorsa per tentare di superare la salita che porta su fino al sole accecante. Mentre passo di corsa con i nervi tesi per lo sforzo, con la coda dell'occhio vedo Domenico immobile, con la scopa in mano, che mi guarda, e forse scommette con se stesso, in base alla velocità che sono riuscito a prendere, se stamane ce la farò ad arrivare fino alla fine, o a metà salita dovrò scendere e continuare a piedi. Io penso che un altro giorno è passato, e ho detto di nuovo «eeeh». Poi guardo dritto davanti, perché voglio farcela ad arrivare in cima, senza mettere i piedi a terra.

La maglia numero undici

Da una parte c'erano i nostri palazzi, dall'altra la villa comunale: la strada era molto lunga, e in fondo c'era una curva ampia. Quando qualcuno appariva dopo la curva, era cosí lontano che sembrava minuscolo ed era difficile capire chi era. Quel giorno c'era il sole, era come se fosse tornata l'estate e forse era passato tanto tempo che l'estate era tornata davvero. Dico cosí perché portava quella maglietta blu e quei jeans un po' piú chiari, e stavolta ne sono quasi sicuro.

Lo vedemmo spuntare dopo la curva. Di lui non parlavamo piú, eppure lo riconoscemmo cosí presto che sembrava che per tutto quel tempo non avessimo fatto altro che aspettare quando spuntava da quella curva. Camminava con passo lento e con la testa bassa, ma ci vide subito perché attraversò la strada per non passare sul marciapiede dove eravamo noi.

Eravamo eccitati. Tutti i ricordi di quei giorni si risvegliarono di colpo, era come se di quelle sere avessimo già parlato tante volte, come se avessimo sempre saputo che era una cosa fatta male: e invece non era cosí: non ci eravamo detti mai niente, niente, e al massimo qualcuno aveva detto che se faceva l'allenatore era perché voleva in cambio qualcosa, però poi non aveva mai detto cosa, né qualcun altro aveva avuto il coraggio di chiederlo.

Avanzava lento e con la testa bassa, con le mani in tasca, ed era ancora lontano quando a Enrico venne l'idea di dargli indietro quelle maglie schifose che ci aveva regalato e che non avevamo mai usato. Ognuno corse subito a casa, e dopo un po' eravamo di nuovo giú in strada, con le maglie spiegazzate nelle mani. Era passato da poco, e subito dopo la curva successiva, quando ormai credeva che fossimo andati via, era tornato sul marciapiede dal nostro lato. Enrico fu il primo a raggiungerlo e intanto che correva appallottolava la maglia e gli urlava contro qualcosa. Giunto vicinissimo gli lanciò la maglia del Verona in faccia e gli sputò con tutta la forza. Tornando rideva e ci chiamava, e intanto quello raccoglieva la maglia e la passava sul viso per pulirsi dallo sputo. Fece tutto questo con gesti lenti, senza voltarsi, mentre sentiva altre urla e passi pesanti che arrivavano. Altri sputavano sulle maglie e gliele lanciavano addosso con violenza.

Stavo fermo, e guardavo la scena da lontano. Tenevo la maglia stretta nella mano, appallottolata con forza, come se stessi per andare anch'io. Ma stavo fermo. Enrico mi chiamava, diceva di correre, di sputare sulla maglia schifosa, di urlargli quelle cose, ma ero fermo, guardavo gli sputi e le spinte dei miei amici, le maglie sparse in strada e sul marciapiede. E l'allenatore le raccoglieva a una a una, con la testa bassa. La gente si era fermata a guardare, alcuni erano stupiti, altri ridevano. Io non ridevo e non urlavo. Allora Enrico mi strappò la maglia dalle mani e corse di nuovo verso di lui, lo colpí forte in testa con un gesto ampio, tenendo la maglia per le maniche. Poi la buttò a terra e la calpestò ripetutamente tra gli applausi degli altri.

L'allenatore si voltò per recuperare la maglia, Enrico era già lontano, e la mia maglia era stesa a terra con il numero undici in bella evidenza; sicuramente pensò che ero stato io a tirargli con violenza la maglia in testa, e non era vero, io stavo indietro, ero rimasto fermo. Lo vidi allontanarsi con le maglie sgualcite tenute a stento sotto un braccio. Pensai tante cose: avrei voluto dirgli che non ero stato io, almeno questo. Non sapevo perché non lo avevo fatto, ma non lo avevo fatto, e volevo dirglielo. Ma ormai era diventato di nuovo minuscolo in fondo alla strada.

I miei amici continuavano a ridere. Ero stato l'unico a non fare nulla, ma nella confusione nessuno se ne era accorto. Tranne Enrico, forse.

Ascoltai ognuno raccontare piú volte l'azione che aveva compiuto; la raccontavano con precisione e nei minimi particolari. A volte esageravano. Ridevo quando gli altri ridevano. Poi ci stancammo anche di questo. E decidemmo di fare due squadre per giocare. Enrico era uno dei due capitani che doveva scegliere i compagni. Quando toccava a me, sceglievo lui per primo. Quando toccava a lui, sceglieva me per primo. Quel giorno non mi scelse, e giocai nell'altra squadra. Nell'euforia, nessuno se ne era accorto.

Ci demmo dentro. Durò poco perché fece subito buio, eppure non volevamo smettere; giocammo ancora, finché chi stava in porta assicurava che riusciva a vedere il pallone, anche all'ultimo momento. Ancora cinque minuti, ci dicevamo. Un'altra azione. Dopo la partita, ci dicemmo che stavolta davvero dovevamo fare la squadra, e decidemmo di raccogliere i soldi per comprare le maglie azzurre con i colori orizzontali in petto, come quelle della Sampdoria. Bisognava cercare quelli lí: volevamo la rivincita.

Era cominciato tutto al ritorno dalle vacanze. Settembre. Settembre inoltrato forse, perché a quei tempi tornavo dalle vacanze molto tardi. Tra i miei amici, ero il primo a partire e l'ultimo a tornare e ogni volta che partivo loro mi dicevano «beato te!»; io invece ero triste e durante gli ultimi giorni al mare, quando sapevo che i miei amici erano tornati in città, allora proprio non ce la facevo, e restavo seduto a lungo sulla sabbia, guardavo l'orizzonte e pensavo a cosa stavano facendo a quell'ora; e chissà se si ricordavano di me. Passavo cosí tanto tempo lontano, che ogni anno avevo paura che al ritorno nessuno piú si ricordasse di me.

Poi ero molto felice quando tornavo. La strada era lunga durante il viaggio di ritorno, molto piú lunga che all'andata, e l'odore dell'auto prendeva allo stomaco; restavo dritto e immobile come mi avevano insegnato, perché avevo paura di vomitare. C'era un punto di riferimento preciso in quei miei viaggi di ritorno, e da un certo punto in poi guardavo fisso l'orizzonte aspettando che comparisse: era una colonna gialla che si vedeva già da molto lontano, sull'autostrada. Ora so bene che quella colonna gialla è una macchina per calcestruzzi, eppure ancora oggi, quando ritorno da qualche parte, quella colonna gialla significa che sono arrivato a casa. E aspetto sempre che appaia, anche se ogni anno la montagna che sta dietro è un po' piú consumata. Ma quando mi sono accorto che tutto questo aveva a che fare con la colonna gialla, era troppo tardi per smettere di dire «ecco, siamo arrivati».

Ero piccolo, questo lo ricordo, ma non bene. Non so quanti anni avevo: forse sei o sette, ma poi anche nove o dieci; o undici. Quella volta non so quanti ne avevo, ma so che era uno di quegli anni in cui era bello tornare in città perché stavo via a lungo, perché ero piccolo e avevo la memoria corta. E allora mi dimenticavo della città. Dovevo ricomporre le strade, i palazzi, poi i portici della piazza che chi se li ricordava piú, e le insegne dei negozi vicino a casa che una dietro l'altra mi riportavano alla mente i commessi e i proprietari – persino il padrone del bar sotto casa avevo dimenticato. E poi la casa: i passi lenti per rivedere una stanza dopo l'altra, e quella era piú stretta, l'altra piú larga. Sembrava quasi che ogni anno si potesse ricominciare a vivere da capo.

Ecco, erano quegli anni, questo è sicuro. E se non ricordo esattamente quale, non importa.

Proprio di fronte a casa, c'era la villa comunale: bastava attraversare la strada. Era lí che stavano i miei amici. Sempre lí. E quando tornavo dalle vacanze facevo il giro della casa, restavo per un po' a guardare la mia camera, e poi correvo giú e attraversavo la strada di corsa.

Solo al ritorno dalle vacanze si poteva trovare qualcosa di cambiato. E non succedeva ogni anno. Quell'anno, sí. I miei amici giocavano a calcio nel prato che avevamo scelto da sempre, ma si notava subito qualcosa di diverso: sembravano ordinati, seri, tesi a fare bene. Mi avvicinai: mi videro e mi sorrisero, ma non vennero a salutarmi. Oddio, pensai, cosa è successo. Ebbi una sensazione di amarezza che ricordo bene perché mi rimase dentro per qualche giorno, non so se uno o due giorni o per una settimana e piú, so soltanto che mi sentii un estraneo come avevo temuto ogni anno, e pensai che quell'anno avevo fatto bene a star seduto sulla sabbia a guardare l'orizzonte provando a immaginare cosa stessero facendo i miei amici, perché quella volta i miei amici stavano facendo un grande cambiamento, e io non c'ero.

Enrico mi fece segno di aspettare, poi tornò a guardare il pallone. Intanto che correvano e calciavano urlavano meno del solito e comunque c'era una voce che copriva le loro, una voce sconosciuta che dava indicazioni veloci e chiamava i miei amici per nome, gli diceva cosa fare e loro lo facevano, se diceva a Enrico «dàlla a Bruno», lui la dava a Bruno e allora si sentiva «va bene cosí», «va bene, va bene».

Quella voce era di un signore con jeans e una maglia blu a mezze maniche. Maglia blu e jeans, o forse era vestito cosí un altro giorno, o soltanto l'ultima volta quando gli tirammo le maglie, oppure era vestito sempre cosí, tutti i giorni, come lo ricordo, con una maglia blu e jeans un poco piú chiari. E dico: un signore, perché era piú grande di noi e aveva i baffi. Baffi neri e folti. Poteva avere vent'anni o ventidue, ma poi poteva averne fino a trenta. O trentacinque. O anche diciotto. Quando non erano ragazzi come noi erano adulti, e si differenziavano soltanto da quelli molto vecchi. Però a pensarci bene lo chiamavano per nome, e allora doveva essere abbastanza giovane; dicevano «l'allenatore» o lo chiamavano per nome, però non ricordo come si chiamava. Proprio non mi viene in mente. Ma doveva essere giovane.

Avrei dovuto essere felice, perché i miei amici avevano finalmente trovato l'allenatore. Lo avevamo sognato tante volte un allenatore per la nostra squadra, sarei stato felice quella mattina se non mi fossi sentito un estraneo.

Rimasi a guardarli. Quando smisero, corsero a salutarmi. Parlavano in fretta e cercavano di raccontare tutte le cose che erano successe in mia assenza, ognuno cercava di parlare prima degli altri e dire che avevamo l'allenatore, come lo avevano conosciuto, cosa voleva fare – dicevano pure che aveva promesso di regalarci le maglie da gioco. Sí, proprio le maglie da calcio, quelle vere. Enrico mi presentò a lui dicendo che ero l'attaccante che aspettavano. Ci stringemmo la mano. Ero imbarazzato e mi sentivo piú estraneo, pensavo che avevo perso troppi giorni stavolta, che l'allenatore non mi avrebbe chiamato mai per nome come faceva con gli altri, che gli altri erano seri e preparati, che Enrico non aveva detto che ero il suo migliore amico ma che ero l'attaccante che aspettavano: era una faccenda seria, la piú seria di tutte, e io me ne ero rimasto seduto sulla sabbia dal primo settembre in poi, mentre qui succedeva tutto questo. Finanche le maglie ci avrebbe regalato. Avevo fatto bene a provare nostalgia, perché stavolta non sarei dovuto mancare. Piú di tutti ce l'avevo con i miei genitori che mi avevano tenuto tanto tempo lontano da quel prato.

Poi nei giorni successivi le cose migliorarono. Ci allenavamo tutte le mattine che mancavano al primo giorno di scuola. Arrivavamo alla villa prima noi, e giocavamo; poi arrivava lui e continuavamo a giocare, ma con piú serietà, attenti a non fare errori e a passare la palla al compagno smarcato. Ora tenevo anch'io gli occhi bassi sul pallone, ma ogni volta che lo colpivo guardavo furtivamente l'allenatore per vedere se mi stava osservando. E come me, facevano gli altri. Avevamo le orecchie tese, aspettando che dicesse qualcosa su ognuno di noi. Aveva cominciato a pronunciare il mio nome e io mi sentivo meglio, anche se la sensazione di dover recuperare il tempo perduto tardava a scomparire. Una mattina tirò fuori dalla tasca un foglio stropicciato e una matita: segnò tutti i nostri nomi uno sotto l'altro, e accanto mise il numero di taglia e poi ancora il numero di gioco che desideravamo. A me lasciarono l'undici. Eravamo felici: da quel giorno, ogni volta che l'allenatore arrivava speravamo che avesse portato le maglie, ma lui diceva di avere pazienza, noi non potevamo averne perché non desideravamo altro che il momento di indossare maglie tutte uguali per smettere di sentirci soltanto un gruppo di amici, e diventare una squadra vera.

Questo lo ricordo bene: eravamo felici. Tutto quello che volevamo era diventare una squadra. Non che avessimo idea contro chi giocare; o meglio, qualche mese prima un piccolo cambiamento era avvenuto. Il prato dove ci piaceva giocare era stato occupato da un altro gruppo. Avevamo atteso un po' che se ne andassero. Non se ne andavano. Cosí prendemmo coraggio, e gli chiedemmo se almeno volevano giocare contro di noi. Si consultarono un po', poi accettarono.

Perdemmo. Ma per uno strano orgoglio, non ci rimproveravamo ogni errore come facevamo sempre, anzi cercavamo di darci coraggio l'uno con l'altro, di sentirci uniti, e se perdemmo fu perché era la prima volta che affrontavamo una partita vera. Fu un giorno importante, per settimane e settimane non parlammo d'altro; e ci venne l'idea di formare una squadra vera, soprattutto per prenderci la rivincita con quelli lí. Poi avevamo ripreso a giocare tra noi, ma ogni giorno ci guardavamo intorno per vedere se quelli dell'altra squadra erano tornati. Ma non tornavano.

Noi ora avevamo un allenatore, presto avremmo avuto delle maglie. Eravamo pronti. Ed eravamo sicuri che quelli lí un giorno sarebbero tornati. Eravamo pronti. Per loro e per qualsiasi altra squadra. L'allenatore ci aveva promesso che quando saremmo stati pronti ci avrebbe procurato anche delle squadre da sfidare. Ma noi eravamo già pronti. Mancavano solo le maglie.

E un giorno le maglie arrivarono. Vedemmo l'allenatore con una grande busta bianca, e gli corremmo incontro. Le maglie erano blu con i bordi gialli, come quelle del Verona. Blu con il collo e i polsi gialli, come le vere maglie di calcio. Poi tirò fuori una bustina trasparente, piena di numeri bianchi. A me diede due numeri uno: dovevo farli cucire da mia madre.

Fece bene a portarle, le maglie. Non so bene, ma mi pare che già da qualche giorno qualcuno aveva perso fiducia. Non so se è esatto dire che questo già accadeva prima del periodo degli spettacoli, ma credo proprio che fosse cosí. I giorni passavano, e il primo giorno di scuola – se era ancora abbastanza lontano, pure si avvicinava: ci allenavamo tutte le mattine, se diceva di passare a quello piú smarcato o di tornare in difesa, noi passavamo e tornavamo in difesa; ma non avevamo le maglie come ci aveva promesso e non facevamo le partite come ci aveva promesso. E poi chi era? Perché dovevamo starlo a sentire? Chi ci assicura che è un allenatore vero? Non lo conosciamo. E se viene qui ogni giorno avrà anche i suoi interessi.

A me dispiaceva che si parlava cosí. Ma forse avevo piú pazienza perché ero arrivato piú tardi degli altri. Mentre giocavamo, da lontano lo vedevamo venire verso di noi con passi lenti, e tutto solo. Aveva sempre le mani in tasca, e non sembrava mai che stesse venendo proprio da noi, non sembrava che stesse andando da qualche parte. Si fermava ai bordi del campo, in silenzio. Non smettevamo di giocare per salutarlo, né lui salutava noi. E andava bene cosí. Dopo un po' che era stato a guardare, cominciava a dire un «va bene» a mezza voce, quasi gli fosse scappato. Poi pian piano alzava la voce, urlava quasi e dava consigli a tutti. Con energia. Era convincente: in quei momenti, chi passava di là si fermava e poteva pensare che noi eravamo una squadra vera, e lui il nostro allenatore. Sapevamo quando smettere, perché era l'ora di andare a mangiare. Lui non diceva nulla; quando avevamo finito si girava e andava via. Si allontanava con passi lenti e le mani in tasca. Alcuni di noi la pensavano come me: avevamo fiducia; altri cominciarono a dirne male. Quando arrivò con quella grande busta bianca per alcuni di noi fu una piccola vittoria. E per qualche giorno ci fu la tregua.

Sentivamo di essere diventati la squadra che avevamo sognato.

Poi venne il periodo degli spettacoli. Ogni sera, in villa. I genitori ci lasciavano andare: c'era tanta gente, era una festa.

Anche l'allenatore veniva ogni sera. Lo trovavamo già lí, seduto in una delle ultime file, e accanto teneva una sedia vuota; quando arrivavamo, diceva a uno di noi di sedersi accanto a lui. Gli altri, andavamo a sederci piú indietro.

Una sera finalmente lo chiese a me. E fu quello il momento in cui pensai che ero diventato come gli altri per lui. Quell'invito lo avevo atteso, sera dopo sera.

Ora non è che sappia raccontare bene cosa è successo quella volta. Ricordo che già allora ero parecchio confuso. C'era uno spettacolo, e va bene. Era tutto buio per questo, e solo il palco era pieno di luce. Se dovessi dire oggi cos'era, direi un'opera o un'operetta. Sí, un'opera lirica, anche se è strano che in una villa comunale facessero un'opera lirica. Eppure, cosí mi verrebbe da dire. Piú probabilmente, era uno spettacolo teatrale con musica e canzoni. Non capivo quasi nulla di quello che succedeva lí sopra. C'era musica, di questo sono piú che sicuro, perché era forte e perché nel buio e con la musica sembrava che nessuno potesse vedere e sentire gli altri. Non ricordo. Ero troppo impegnato a capire cosa stava succedendo e perché, se dovevo ribellarmi, se era una cosa giusta o almeno normale, oppure se era una cosa fatta male, e se era successo pure agli altri della squadra. Parlo delle sue mani. Le sue mani le ricordo bene. Le sentivo partire dalle mie spalle e si infilavano sotto la maglia per allargarla, per farsi spazio, con la stessa noncuranza con cui il dottore trattava i miei indumenti quando mi visitava, e come un impiccio li alzava e li abbassava, li stropicciava e li maltrattava. Cosí lui. Mi sembrava affannato, ma non lo so, non avevo il coraggio di guardarlo in faccia. Guardavo lo spettacolo, con attenzione ostinata, ma intanto pensavo perché lo faceva, e non capivo. Non so nemmeno se ero tanto piccolo, o se ero abbastanza grande e però certe cose non le capivo lo stesso. C'era il fatto che in fondo sentivo che non era una cosa fatta bene, era strana e un po' fastidiosa, e non mi piaceva che lo facesse soltanto perché c'era buio, perché la musica era alta e i miei amici lontani.

Poi, a ripensarci ora, ho come la sensazione che i peli venissero strappati. Quando la mano si infilava nei pantaloni, dico. Di allora quello che mi ricordo è che mi aspettavo che da un momento all'altro mi aprisse i pantaloni. E per infilarsi anche dentro lo slip, faceva forza e strappava i peli. Ma sono convinto che è una suggestione di adesso. Non sono sicuro, però non credo che avessi già i peli. Non mi pare. Oddio, so che ora è facile avere la sensazione della peluria del ventre strappata da una mano che fa forza; non so se accadde cosí quella sera. Però si insinuava, questo sí, faceva forza, palpava, io non sapevo cosa fare, tutto quello che mi veniva in mente è che stavo scomodo, e sí perché mentre frugava mi faceva muovere e non mi lasciava stare seduto sulla mia sedia come volevo. Avrei voluto essere lasciato in pace, ecco. Invece sentivo questa mano veloce spingere in basso, tirare con forza gli slip verso l'esterno col dorso della mano, procurarsi un piccolo spazio e subito occuparlo scendendo di piú, e poi spostarsi sulle anche, poi dietro, ed era brutto perché mi stringeva la pelle di continuo e quasi mi faceva male, e poi faceva forza e mi girava da un lato e quasi mi faceva cadere. Eppure qualsiasi cosa facesse io continuavo a guardare lo spettacolo, avevo gli occhi fissi e ascoltavo musica e parole con concentrazione forzata, ma non capivo nulla. Lui ansimava, ora proprio ansimava, sentivo la sua testa piú vicina ma non so se mi guardava, non lo vedevo, ma credo che nonostante tutto neanche lui staccasse mai gli occhi dallo spettacolo.

Poi smise. Mi riabbottonò i pantaloni e mise la maglia dentro, con cura. Lo lasciai fare. Aspettai qualche minuto, poi mi alzai e andai a cercare i miei amici. Con loro, attraversai la strada e tornai a casa.

Non sapevo cosa pensare. Forse non pensai a nulla; semplicemente, non andai piú agli spettacoli.

Mi allenavo al mattino, e se diceva «bravo» non è che non fossi contento, ma mi importava di meno. Poi lo vedevo allontanarsi a passi lenti e con le mani in tasca, e mi chiedevo dove andava, cosa faceva per il resto della giornata.

Non ero il solo a non andare piú alla villa a vedere gli spettacoli. Quelli che continuavano ad andarci insistevano, ma noi avevamo pronte delle scuse, e chi non ne aveva di buone diceva che preferiva restare a far compagnia agli altri. Finí che smettemmo tutti di andarci. E ogni mattina mi accorgevo che lo ascoltavamo sempre meno, mentre urlava e dava consigli. Piú spesso le nostre voci superavano la sua, e qualche volta sembrava che lo facessimo apposta.

Non è facile dire cosa accadde di preciso, perché è passato tanto tempo. Ma quando se ne andava, finivamo sempre per dire male di lui, e non a torto, perché ormai la scuola stava per cominciare; ci eravamo allenati, avevamo le maglie del Verona piegate in cima ai nostri panni, le nostre madri avevano cucito i numeri sul dorso in quel modo che le maglie erano rimaste raggrinzite tutto intorno alla cucitura. Però non avevamo mai giocato. E poi chi era, chi lo conosceva, se viene qui è perché vuole in cambio qualcosa, si cominciò a dire, ma nessuno diceva cosa, anche se ognuno di noi aveva in mente una di quelle sere alla villa.

Credo che se ne accorse che nessuno lo ascoltava piú. Del resto cercavamo di goderci le ultime mattine di libertà, e ci sembrava bello giocare anche solo tra noi. Non sparí all'improvviso, ma cominciò a venire piú tardi e ad andare via molto tempo prima, e a volte saltava un giorno. Non urlava piú, ma ogni tanto tentava di dare un suggerimento, quasi sempre benevolo, ma era inutile. Se diceva a Enrico di darla a Bruno, Enrico tirava in porta o la passava a un altro. Infine non venne piú.

Poi lo vedemmo quel giorno, Enrico propose di ridargli le maglie, e fu lui il primo che mentre gliela tirava urlò «ricchione! ricchione!»

Quando il dito indica la luna

Del resto, piú tardi avrebbero anche tolto i coloranti alle caramelle Charms. E allora.

Ma in quel periodo ogni giorno la stanza era inondata dalla luce. Le tende erano raccolte ai lati come un sipario aperto e la luce entrava senza filtri e in abbondanza. In seguito, quella casa sarebbe stata piú buia e forse soltanto perché non ci andava piú dopo pranzo ma piú tardi, e piú tardi non era piú la stessa cosa; oppure restava per molto tempo, e allora seguiva tutto il corso del giorno, fino a quando faceva scuro. O per qualche altro diavolo di motivo. Fatto sta che mentre studiavano la scrivania galleggiava in una luce densa, chiara. Senza ombre, a meno che non si tenesse alta la copertina di un libro o di un quaderno. Ma a nessuno dei due piaceva farlo.

Metteva il pacchetto di caramelle Charms alla frutta sulla scrivania mentre studiavano, e ogni tanto ne mangiavano una scegliendo con cura il gusto, facendo un taglio al pacchetto con la stessa precisione di una autopsia, proprio nel punto dove era stato incollato. Ogni volta giungeva il momento in cui litigavano per chi dovesse prendersi l'ultima al lampone, lasciando all'altro la scelta di quelle all'arancia o al limone. Non che quelle all'arancia o al limone non fossero buone, ma ce n'erano di piú, e allora venivano a noia. È vero pure che i coloranti facevano male, però poi si è sbiadito tutto. Prima si apriva il pacchetto con il disegno di un arcobaleno di colori, e dentro c'erano caramelle con gli stessi colori. Non era roba da poco: caramelle arancioni per il gusto all'arancia, gialle per quello al limone, rosse al lampone, verdi alla menta. Ce n'erano anche di azzurre; ma che sapore avessero le caramelle azzurre, non lo aveva mai capito. Con quell'assortimento, si poteva anche perdonare la prevalenza dei gusti all'arancia e al limone.

Dopo, si è sbiadito tutto. Aprivi il pacchetto ed erano tutte, come dire: beige. Anzi, beige chiaro. E nemmeno. Era un colore indefinibile quello delle caramelle alla menta, all'arancia, al lampone. Erano tutte uguali. Tutte cosí. Anche quelle azzurre, probabilmente. Non lo avrebbe mai creduto possibile. Aveva pensato che sarebbero durate per sempre cosí colorate com'erano; e non è vero, non lo aveva nemmeno pensato, perché era cosí naturale che durassero per sempre che non c'era ragione di preoccuparsi. Mai avrebbe immaginato che sarebbero andati a colpire le sue caramelle Charms alla frutta. Ma cosí accadde. Però, piú tardi.

Studiava da Francesca ogni pomeriggio. Per andare su, l'ascensore non bastava. C'era da fare un altro piano a piedi. E lei aspettava abbracciata alla porta d'ingresso.

Andavano dritti di fronte, nella stanza dove studiavano. Poco oltre la porta d'ingresso, sulla sinistra, c'era lo studio del padre. La porta era aperta e quando passava, salutava, e l'altro rispondeva. Faceva in tempo a vedere due fotografie formato poster sul muro: in una c'era il busto di un signore con capelli bianchi e barba bianca e folta, nell'altra un signore calvo e con il pizzetto, che assomigliava tanto al padre di Francesca. Però non era lui. «È Lenin» diceva lei a voce bassa perché aveva vergogna di studiare con un compagno di scuola che non riconosceva la foto di Lenin, e che continuava a dire «secondo me, è tuo padre».

Sulla destra, quando il corridoio faceva angolo, c'era la cucina. E piú in là, le stanze da letto. Ma non le conosceva: lí non si entrava, e quella parte del corridoio restava spesso in penombra, come per sancire il divieto. Piú tardi, ci sarebbe entrato e come, sdraiandosi lentamente sul letto avrebbe cominciato a spogliarsi e a spogliare Francesca, avrebbero fatto l'amore nella camera piena di foto del comandante Che Guevara, piena di peluche di Snoopy e Woodstock di ogni dimensione, stelle a cinque punte, falci e martelli, Mafalde e riproduzioni del Quarto Stato; e non soltanto nella camera di Francesca avrebbero fatto l'amore. Nelle estati lunghe e noiose, o durante qualche altro breve periodo di vacanza, avrebbero dormito piú volte nel letto comodo e grande dei genitori, partiti per lunghi viaggi nei paesi dell'Est con un camper o con le organizzazioni dell'Unità – avrebbero dormito in quella camera, tremando a ogni minimo rumore e a ogni chiamata dell'ascensore, atterriti dall'incubo che si potesse fermare al piano di sotto e che poi dei passi pesanti salissero le poche scale e una chiave girasse nella toppa, atterriti da un ritorno improvviso, pure se la madre aveva chiamato quindici minuti prima da Praga o da Budapest.

Una volta, da Cuba addirittura.

E quella volta lui aveva cercato di calmarla sussurrandole che forse dall'Avana all'ascensore dello stabile occorrevano piú di quindici minuti. «Se è per questo, – aveva sussurrato Francesca, – anche da Praga o da Budapest o da Mosca ci vogliono piú di quindici minuti per arrivare all'ascensore qui sotto.

«E allora?» aveva sussurrato lui.

«E allora o abbiamo paura ogni volta, o mai piú» aveva sussurrato lei.

Ebbero paura ogni volta. E ogni volta in quel letto fecero l'amore in silenzio, fermandosi in apnea ogni volta che l'ascensore si muoveva, guardandosi fissi negli occhi per capire meglio dall'altro quando il pericolo sarebbe cessato, e non importava se da quei lunghi sguardi ipnotici non riuscivano a capire un bel niente – e ricominciando soltanto dopo aver sentito le porte automatiche aprirsi e richiudersi qualche piano piú in basso.

Ma questo succedeva piú tardi. Ora, no. E nemmeno ci sperava. A dirla tutta, Francesca non gli piaceva. Non piú di tanto, in ogni caso. A quel tempo gli piaceva Susanna, soltanto Susanna. Che poi era la compagna di banco di Francesca – e questa era una delle ragioni per cui aveva accettato di studiare con lei. Sperando cosa, non si sa.

Susanna aveva la pelle scura, aveva occhi scuri e capelli scuri. Quando hai quindici anni, le ragazze di quindici anni ti sembrano delle ventenni: irraggiungibili. Bene, allora Susanna sembrava una trentenne. Quando entrava in aula con le sue gonne lunghe a fiori e le giacche scure piene di spille di Snoopy e Woodstock, «hasta la victoria siempre», Mao Tse-tung, «el pueblo unido jamas sera vencido», Jimi Hendrix, «energia nucleare? no grazie!», tutti si guardavano stupiti e si chiedevano cosa ci facesse una donna in mezzo a dei ragazzini. Lei non li degnava di uno sguardo, rivolgeva la parola esclusivamente ai professori e a Francesca – a meno che non c'era da prendere le parti di qualcuno maltrattato ingiustamente durante un'interrogazione o nella valutazione di una prova scritta. Allora urlava, agitava le mani, lo difendeva chiamandolo con il suo nome, e tutti si guardavano stupiti perché non immaginavano che Susanna conoscesse i nomi dei compagni di scuola, e invece li conosceva e come, e li difendeva dai professori: reazionari e fascisti. E se alla fine di una battaglia, il protetto si avvicinava timidamente per ringraziarla, riceveva in cambio una carezza sul capo, un gesto affettuoso che allo stesso tempo segnava la fine della complicità e ricomponeva le distanze tra lei e il resto della classe.

Lui la guardava per tutto il tempo.

Poi accadde che un giorno arrivò a scuola e gli dissero che c'era autogestione. In una delle aule si parlava di sesso. Era piena di gente. Susanna lo vide sulla porta con gli occhi smarriti di chi è in cerca di un posto. Gli fece segno di andare accanto a lei. Andò. Stava seduta su un banco appoggiato al muro, insieme a un amico. Si spostò per fargli posto e lui si sedette in mezzo. Si mise ad ascoltare con attenzione. Alcune ragazze stavano parlando dell'incapacità di comunicare con la famiglia ogni volta che si cacciava fuori l'argomento: sesso. Quindi si passò all'atteggiamento borghese nei confronti del sesso, tipico delle famiglie reazionarie e fasciste. A lui facevano assai impressione queste discussioni, in special modo quando ragazze molto carine raccontavano del loro rapporto sessuale con il compagno, e quando e come raggiungevano l'orgasmo. Di questo si parlava in quell'aula. Non poteva fare a meno di guardare ognuna di loro e mentre parlavano non poteva smettere di immaginarle nude e disponibili ai piedi del suo letto. Se possibile, tutte insieme.

Lui che non aveva mai. E che però raccontava di averlo già fatto alcune volte, in estate. Perché si vergognava di non avere mai.

Poi un ragazzo intervenne con violenza: la questione che non veniva toccata, perché in fondo si continuava a conservare un meschino pudore piccoloborghese, era la masturbazione; con ogni probabilità, diceva il ragazzo con voce forte e sprezzante, non vi siete mai masturbate perché la vostra educazione piccoloborghese vi ha insegnato a non farlo, e invece di sicuro avete una gran voglia di farlo, come è naturale; parlate e parlate, ma non avete un rapporto sereno con il piacere.

Qualcuno urlò contro l'intervento di quel ragazzo. Forse. Perché non ebbe il tempo di capire: Susanna si era avvicinata al suo orecchio e lui ascoltò queste parole, dopo aver sussultato per la sorpresa di una voce cosí vicina ai suoi timpani: «io non ho problemi. Mi masturbo quasi tutti i giorni in bagno e mi piace un casino».

Fece di sí con la testa senza avere il coraggio di girarsi, facendo finta che in fondo non aveva sentito nulla di eccezionale. Ma Susanna non sapeva cosa avrebbe causato quella frase, né lo seppe mai. Perché se lo avesse saputo, non l'avrebbe detta. Quel dolore di stomaco che provò mentre faceva sí con la testa, un dolore cosí forte da fargli sentire la nausea, Susanna non poteva immaginarlo. Né poteva immaginare che per mesi e mesi, forse un anno, ma forse anche piú di un anno e sí, ancora mesi e mesi, sul letto o in bagno o sul divano davanti alla televisione col volume quasi a zero e gli occhi fissi sul vetro zigrinato della porta per vedere se arrivava qualcuno, avrebbe abbassato la cerniera dei jeans e si sarebbe masturbato con forza, serrando le mascelle, con una scena sempre uguale nella mente, e cioè Susanna seduta sul water con la gonna e gli slip tenuti giú ai piedi, la testa appoggiata al muro e la schiena inarcata in avanti, le gambe aperte, aperte tanto che gli slip e la gonna sembravano strapparsi – e il dito che esplorava dentro una fitta selva di peli scuri scuri; i sospiri, gli occhi persi nel piacere come aveva visto nelle riviste pornografiche. E poiché gli piaceva immaginare situazioni reali quando si masturbava, e poiché non aveva mai visto il bagno di Susanna e non gli andava di affidarle un bagno qualsiasi perché poi la scena sarebbe stata sfocata, cosí sfocata che sarebbe fuggita via anche Susanna, allora immaginava cosí: che un pomeriggio Susanna veniva a casa sua per una ricerca o per degli appunti e a un certo punto diceva «puoi dirmi dov'è il bagno?» e lui le faceva strada e lei entrava e non chiudeva la porta a chiave; era chiaro che andava a gustarsi la dose quotidiana di piacere – e allora lui furtivo guardava dal buco della serratura e a quel punto vedeva quella scena, e non ce la faceva piú, spalancava la porta e le saltava addosso e la scopava fino a sfinirla.

Anche se non è esatto dire cosí. In verità la scena non arrivava mai fino alla fine, perché già quando la guardava dal buco della serratura si eccitava e accelerava i colpi e il piacere esplodeva quasi sempre nell'attimo in cui spalancava la porta o, quando resisteva, nel tratto dalla porta a Susanna che lo guardava vogliosa e per nulla stupita, e finiva che non arrivava mai nemmeno a sfiorarla, perché di colpo la scena spariva quando in gran fretta copriva l'esplosione del getto con un fazzoletto di carta per non sporcarsi i jeans e per non sporcare il divano, e quel gesto meccanico segnava la fine improvvisa di ogni fantasia. E dopo, si sa, non si poteva continuare a immaginare, la mente si annebbiava e una nausea costante, una nausea di se stessi impediva di continuare, impediva di fare ancora due o tre passi e afferrarla e scoparla, giusto per non lasciare la questione in sospeso. Ma non si poteva. Il piacere esplodeva sempre uguale per mesi e mesi, per un anno, e piú, e non riusciva a immaginare nessun'altra situazione, figuriamoci un'altra donna; da quel giorno dell'autogestione, per lui il sesso non era altro che Susanna nel bagno che si masturbava, e lui che spalancava la porta. Non altro. Né altro ricordava dell'autogestione.

Francesca, invece, non gli piaceva molto. Sí, aveva capelli lunghi e biondi, molto belli per carità, e soprattutto nei giorni in cui li lavava erano morbidi e vaporosi; però aveva orecchie troppo grandi. E poiché a Francesca di lui non importava un bel niente, non si preoccupava di tenerle nascoste come faceva quando usciva con i ragazzi di quinta o i compagni del collettivo, e piú volte mentre studiavano si alzava tutti i capelli tenendoli alti con una matita infilata nel mezzo, e allora queste orecchie deformavano il viso, mischiavano le proporzioni tra naso bocca e occhi. La guardava mentre ripeteva la lezione, e pensava cosa si sarebbe potuto fare per quelle orecchie, ma in realtà non si poteva fare nulla, bisognava soltanto aspettare che sfilasse di nuovo la matita e lasciasse fiondare i capelli giú sulle spalle; e se lo faceva, come d'incanto le parti del viso ristabilivano le vecchie proporzioni, e tornava a essere bella, certo piú bella per i ragazzi di quinta e i compagni del collettivo che per lui che sapeva, in ogni caso sapeva che lí sotto si nascondevano orecchie troppo grandi, e non poteva non tenerne conto. Ma ora non c'era bisogno di una pozione che gli facesse perdere la memoria, perché in fondo non gliene fregava nulla. E piú tardi, non ci sarebbe stato piú bisogno della pozione, perché una folata di amore improvviso avrebbe spazzato via ogni intendimento – e lui avrebbe con voracità mordicchiato quelle orecchie, avrebbe allungato la lingua prima timidamente, poi sentendo i fremiti di lei, l'avrebbe affondata con decisione, eccitandosi, e avrebbe pensato che era bella, che era bellissima, e alle dimensioni delle orecchie non ci avrebbe pensato piú, non avrebbe piú ricordato nulla dei giorni della matita tra i capelli e cose del genere.

Ora non considerava tutto ciò, sperava che non alzasse i capelli ma solo per una questione di gusto, nient'altro. Per il resto era la sua compagna di studi, facevano i compiti per il giorno dopo, e cominciavano a farsi qualche confidenza per riempire le pause, anzi per renderle piú lunghe, e allora lui provava a insinuare qualche domanda sulla vita di Susanna, con indifferenza, ottenendo poco piú di nulla, forse perché ne metteva troppa di indifferenza nel fare le domande o forse perché della vita di Susanna anche Francesca sapeva poco o niente. E quel poco che veniva a sapere non aggiungeva nulla alla vecchia scena del bagno, e quando tornava a casa si masturbava con ostinazione.

Comunque, quello lí a lui sembrava il padre di Francesca, altro che Stalin. Lenin, anzi. Dal corridoio passavano rapidamente nella stanza dove studiavano. Francesca chiudeva la porta. Lui lasciava cadere il cappotto sul divano. Agli inizi del loro amore furtivo, a quel punto si sarebbero abbracciati e baciati in silenzio. Brevemente. E avrebbero staccato le labbra in silenzio: sarebbero stati prudenti, cosa non facile, soprattutto al termine di un bacio. Ma sarebbe durato poco. Perché subito la tensione in quella casa sarebbe salita, e sarebbe stato il caso di smettere di studiare insieme. Ora posava il cappotto e andava a sedersi al suo posto al di qua della scrivania, aggirando il mobile basso che aveva il compito di dividere il salotto dall'angolo studio. Una finestra lunga occupava tutto il lato, e poi c'era la scrivania con due sedie, a fianco una bacheca di compensato tenuta da un treppiedi, soffocata da disegni di nuvole e uccelli in controluce, messaggi e appunti, vignette di Staino e Altan, poesie di Prévert e frasi di Ho Chi Minh, falci e martelli, il solito «energia nucleare? no grazie!», foto di innamorati passati e presenti, di Inti Illimani e De André insieme alla Premiata Forneria Marconi, di amici, di genitori e altre ancora. Dietro la scrivania, a riempire il lato della parete piú piccola, una libreria che arrivava quasi al soffitto. E una luce densa a illuminarla.

Ecco, quella libreria.

Se nonostante la sua pigrizia non gli pesava appena finito il pranzo scendere giú in garage e mettere in moto a fatica il motorino raffreddato, e ben imbacuccato andare su in strada tenendo il minimo e guidando con una sola mano sull'acceleratore, con l'altra infilata in tasca tranne quando bisognava frenare, e andare piano, pianissimo, sí per il freddo ma anche perché cosí diminuiva la necessità di frenare e quindi di cacciare la mano dalla tasca; se con cura cercava un palo e legava il motorino con una catena, se saliva un altro piano a piedi dove l'ascensore non arrivava, e stava fino a sera in quella casa a studiare senza averne voglia, senza avere una sola buona dritta su Susanna, e se andava piú tardi dagli amici – quando prima non sopportava di farlo, di trovarli già lí tutti insieme, con la possibilità che in sua assenza potesse succedere qualcosa e tutti a dirgli «ma tu dov'eri finito?» –, se faceva tutte queste cose senza sentirne il peso, o riuscendo a schiacciarlo con facilità quando lo sentiva, era per quella libreria.

Ormai, gli sembrava soltanto per quello.

All'inizio, aveva sentito un odore buono in quella stanza, ma non aveva capito da dove venisse. Né gli importava: lo sentiva e gli piaceva, e poteva bastare. Poi lo scoprí: erano i libri. Sui vari ripiani erano ordinati per edizioni e collane, o anche per ordine di grandezza: erano disposti in fila doppia, con quelli piú alti dietro, in modo che si riuscisse a vederli.

Non lo dava a intendere, ma era contento di stare da quella parte della scrivania perché poteva continuare a guardare la composizione di libri di colori vari, e poteva leggere i titoli, facendo finta di ripassare a memoria il capitolo di storia. Quando poi Francesca andava di là, chiamata a gran voce dalla madre, o ancora meglio, quando andava al telefono e allora passavano decine e decine di minuti, si alzava e si avvicinava alla libreria, riguardava i titoli uno per uno, abbassava i libri che stavano davanti per sfilare qualcuno di quelli dietro, li prendeva, li toccava, li sfogliava, leggeva qualche riga, e poi guardava il frontespizio perché in molti di quei libri c'era scritta la data di acquisto con la firma di Francesca, e si meravigliava che molte date erano pure abbastanza vecchie, quando Francesca era soltanto una bambina, eppure leggeva e leggeva – e proprio i suoi libri erano piú volte sottolineati, e a sfogliarli giorno dopo giorno capí che c'era una fitta gerarchia di sottolineature, complicata e rigorosa: alla fine, aveva capito che si cominciava dalla piú bassa della scala, la meno importante, che coincideva forse con una voglia appena accennata di salvare una frase o un intero periodo dall'anonimato, ma di salvarlo poco – un segno ondulato sul lato del periodo; se bisognava salire di grado, allora la linea diventava dritta, non piú ondulata; per frasi ancora piú importanti, le linee diventavano due, e poi tre. A quel punto si passava alla sottolineatura vera e propria con la matita passata alla base di ogni frase che doveva diventare da quel momento in poi indimenticabile. Il limite tra le tre linee di lato e la sottolineatura vera e propria doveva essere molto labile, e delicato.

E non era finita. Perché se la frase era particolarmente interessante, allora lí dove c'era la sottolineatura vera e propria si aggiungeva la linea dritta di lato, e se bisognava farlo, la seconda linea e poi la terza. Inoltre, le pagine erano sporcate ogni tanto da punti esclamativi e interrogativi, e a volte c'era un giudizio frettoloso scritto sopra o sotto la pagina, anche soltanto esclamazioni come «sí!», «non è vero!», «bellissimo!» Erano libri affascinanti, perché gonfiati dai tratti di matita e dall'uso; li avvicinava al naso, li annusava, sfilava la sovraccoperta, leggeva i risvolti, palpava la carta, paragonava i caratteri tipografici delle varie edizioni. C'era uno scaffale in particolare che lo attraeva, pieno di libri rigidi e piccoli, bianchi con strisce rosse e la scritta nera: erano quelli che avevano l'odore piú forte, erano quelli che emanavano quell'odore in tutta la stanza, quelli piú degli altri, e quando sfogliava gli altri cercava quell'odore e ne trovava un altro, o quello ma piú lieve, lontano, e si accorgeva che erano libri delle stesse edizioni, allora infilava il naso dentro e annusava a lungo, ma quell'odore era sfumato, c'era sí, ma sfumato, come se quei libri lo stessero perdendo nel tempo, e soltanto quelli rigidi e piccoli, bianchi con le strisce rosse e la scritta nera riuscissero a conservarlo. Erano messi in ordine di numerazione della collana, e il numero uno erano i *Canti* di Leopardi, poi c'era Goethe, Brecht, Marx Engels, Gramsci, Lichtenberg, Pascal. E sulla sovraccoperta, in alto, c'era un piccolo ritratto dell'autore.

Poi tornava in cerca dei libri di Francesca, delle sottolineature, e si fermava spesso a leggere i brani sottolineati e con tre linee di fianco, i piú importanti insomma, e li trovava bellissimi, e pensava a quanto fosse fortunata Francesca ad averli letti tutti, e se non tutti molti, e se un giorno non li avesse letti tutti era soltanto perché continuavano ad arrivarne di nuovi e lui se ne accorgeva subito quando entrava perché per un periodo il libro nuovo restava sdraiato davanti agli altri, in attesa di collocazione o in attesa di essere letto. Si sedeva, e intanto che studiavano da lontano leggeva il titolo e l'autore, e sperava che la madre chiamasse Francesca o almeno sperava in uno squillo del telefono, e quando finalmente Francesca andava di là, scattava in piedi e lo apriva, lo apriva poco per non rovinarlo e per non far vedere di averlo aperto. Infilava il naso dentro, e lo riponeva subito per paura di lasciare segni.

Altri libri ancora, due, a volte tre, stavano sulla scrivania, tenuti di lato intanto che studiavano, con segnalibri dei Peanuts a scandirne la lettura – Lucy dietro il banco da psicanalista o Snoopy asso della Prima guerra mondiale; e ogni giorno che tornava, Lucy o Snoopy stavano piú avanti, e poi piú avanti ancora, quasi schiacciati dal peso delle pagine, fin quasi alla fine, e quelli erano i giorni in cui ogni volta che arrivava correva a guardare se quel libro non c'era piú, da quale altro era stato sostituito. Perché era subito sostituito da un altro, ogni volta, e quest'altro lo trovava già tagliato dal segnalibro che gonfiava le prime pagine lette. Ne leggeva due o tre alla volta, e quando altri libri mancavano, allora prendeva coraggio e chiedeva dove erano finiti; Francesca gli diceva che li stava leggendo il padre, li stava leggendo la madre, e lui immaginava le camere da letto, e poiché non sapeva immaginare camere da letto inventate, affidava al sosia di Lenin e alla moglie una camera da letto uguale a quella dei suoi genitori, e sui comodini due, tre, anche quattro libri alla volta con segnalibri che scorrevano di pagina in pagina – mentre sul comodino di suo padre, quello vero, c'erano le sigarette, un posacenere e le Gazzette dello Sport degli ultimi tre o quattro giorni, che teneva sul comodino per paura che la moglie le buttasse. Non che ce l'avesse con la Gazzetta dello Sport, tutt'altro, visto che era la sua lettura preferita, ma certo a quel punto c'erano da riconsiderare un po' di cose se in casa di Francesca c'era una libreria cosí grande zeppa di libri sottolineati e con un odore irresistibile, e pure mancava del tutto la Gazzetta dello Sport.

La differenza, secondo lui, stava in un poster appeso in cucina.

Quando aveva voglia di un bicchiere d'acqua, o se Francesca decideva di preparare uno spuntino, andavano in cucina. Era l'unico momento, e non accadeva spesso, in cui Francesca gli permetteva di avere contatti con i genitori – di solito con la madre, che stava ogni volta in cucina a leggere un numero indefinito di giornali e a ritagliare articoli che poi inseriva in cartelline rosa con criteri a lui oscuri; e qualche volta anche con il padre, e a tutti e due stava simpatico perché rispondeva alle domande timidamente ma in maniera spiritosa, e poi Francesca finiva per raccontare sempre qualche bella impresa che li aveva visti protagonisti a scuola, cercando di metterlo in buona luce e tenendo la conversazione su toni scherzosi, leggeri, per non dare l'opportunità al padre di porre domande imbarazzanti. Piú per lei che per lui, almeno all'inizio, perché dopo pian piano anche lui aveva cominciato a temere che la conversazione scivolasse su temi a lui estranei, tipo «politica» e «cultura», che in quella casa sembravano all'ordine del giorno proprio quanto a casa sua le sfide tra Juve e Napoli provocavano commenti e discussioni con il padre e i fratelli a proposito dei risultati sul campo, ma soprattutto intorno ai parzialissimi commenti della Gazzetta.

In cucina era appeso un poster: piccolo, staccato con ogni evidenza dal paginone centrale di una rivista, considerati i segni delle spillette e la striscia della piegatura a centro pagina. Vi era raffigurato un paesaggio notturno visto in controluce o quasi, con delle montagne piccole per la lontananza, e una luna enorme e bianca, assolutamente sproporzionata al resto. In basso, al centro, spuntava in primo piano un dito, come quando qualcuno vuole fare uno scherzo a chi sta per scattare una foto, e mette la mano davanti all'obbiettivo. Lí, c'era un dito. E in alto c'era scritto: «quando il dito indica la luna, l'imbecille guarda il dito».

Già era giunto alla conclusione che in quella casa dovessero esserci delle trappole sparse per capire quando uno non sapeva le cose, e quella doveva essere una trappola. Aveva paura in quella casa, specialmente quando andavano in cucina, e aveva piú paura da quando aveva cominciato a essere affascinato da quella libreria, dai segnalibri che avanzavano a velocità eccessiva, dagli articoli messi in ordine dentro cartelline rosa. Voleva far capire, insomma, che guardava la luna, cercava di farlo almeno; eppure non poteva fare a meno di guardare il dito, anche perché era disegnato alla perfezione, tanto da sembrare in rilievo, e l'unghia, le rughe e i segni delle articolazioni erano tratteggiati cosí bene da sembrare reali – e a dire il vero erano la cosa migliore di quel poster, con quella luna sproporzionata e falsa, e le montagne con un pino e un cammello in penombra, cosí improbabili, e proprio lí stava il trucco forse, che nonostante tutto bisognava guardare la luna indicata dal dito senza guardare il dito. E con ogni probabilità era quello che facevano in quella famiglia, e non si erano mai accorti della perfezione di quel dito perché non lo avevano mai guardato, era questa la sensazione che davano, e la cosa aveva a che fare secondo lui con quella libreria, con le pagine sottolineate in vario modo, gli articoli tagliati alla perfezione da forbici grandi e precise; aveva a che fare, probabilmente, con il fatto che in quella casa non ci fosse la Gazzetta dello Sport. Cosí pensava.

Non è che avesse accennato mai nulla a Francesca intorno a quel dito, cosí come da un po' aveva pure smesso di dire che quello che lei chiamava Lenin era invece suo padre; non ne parlò mai nemmeno negli anni a venire quando, nell'euforia dell'amore e durante le colazioni di primo mattino nella cucina deserta, le parole intime e scherzose diventavano tutt'uno e lei si muoveva per casa con una maglia scura addosso e nient'altro, con le gambe e le natiche pallide davanti ai suoi occhi stanchi della notte d'amore, e che pure continuavano a guardare le porzioni nude del suo corpo ogni volta che lei si girava, per convincere la sua mente che lo aveva posseduto realmente quel corpo e tutto questo non era piú frutto delle fantasie masturbatorie ma era lí davanti a lui e se voleva poteva toccarlo ancora. E se lo avesse toccato – se l'avesse tirata a sé – le sarebbe piaciuto, come le piaceva da un po' di tempo ormai, non da subito; anzi, le prime volte erano state disastrose perché lui entrava in una sorta di trance eccitata e le veniva addosso dopo pochi colpi furiosi, tenendole le natiche con le mani, serrando le mascelle, e trattenendo i gemiti per un pudore che sarebbe riuscito a sconfiggere molto tempo dopo, quando lei gli avrebbe spiegato che non era cosí che si faceva l'amore, che doveva avere piú rispetto, doveva pensare anche al suo piacere, l'orgasmo diceva, non di piacere parlava ma proprio di orgasmo, era precisa, anche lei doveva avere l'orgasmo e bisognava aspettare, essere piú calmi e lenti, aspettare lei e il suo piacere e poi finire insieme. Questo gli spiegava e lui ascoltava, lei conosceva l'orgasmo, lo aveva studiato e poi cercato con la perizia caratteristica di quel tempo; sapeva che aveva ragione ma era stato piú forte di lui, soltanto che l'amava, dio se l'amava, e allora sapeva che doveva imparare, e aveva voglia di farlo.

E allora pian piano imparò ad aspettarla.

E quando facevano l'amore, lei gli diceva «bravo». E se diceva «bravo», forse aveva l'orgasmo. Lui non lo sapeva. E neanche sapeva perché era bravo. Semplicemente, aveva imparato a resistere. Aveva smesso di correre verso la fine come quando si masturbava; e aspettava. Si concentrava e teneva dentro tutto, dava piccoli colpi lenti, e non le metteva le mani dove piú gli piaceva. Non le stringeva le natiche, per esempio, e se voleva toccarle il culo lo faceva prima, prima di penetrarla insomma. Gli piaceva il suo culo, ma non lo diceva. Aveva capito subito che per qualche motivo non si poteva dire. Era offensivo. Dopo un po', quando ebbe piú coraggio disse: il tuo sedere. Fino a quel momento aveva detto: la tua schiena; mi piace la tua schiena, e aveva cercato di dirlo in un modo tale da poter includere anche il culo: per esempio, mentre lo diceva, la accarezzava dalle spalle fino giú alle natiche. E sperava che capisse. Oltre, non si spingeva. E quando la spogliava le stringeva le natiche ma poi saliva subito alla schiena, per non esagerare, e quando poi la penetrava, smetteva. A quel punto, bisognava soltanto resistere.

Allora le toccava i capelli, le braccia, il seno, il collo, le spalle, e se lei cominciava a muoversi di piú, cercava di non toccarla e di non guardarla, cercava quasi di pensare ad altro, pensava a resistere insomma, e ce la faceva, resisteva ogni volta di piú, e l'amore durava tanto, a lungo, e quando finiva lei lo abbracciava e gli diceva «sei bravo». E lui pensava: allora era vero che bisognava aspettare. Però poi la mattina parlava e le guardava il culo mentre la maglia si alzava e si abbassava, e parlava e parlava, tanto ormai si poteva dire tutto, e diceva tutto, ma pur continuando a guardare il poster, e nel poster quel dito, e la luna, anche la luna è chiaro, e piú del dito per carità, pur non dovendo temere piú nulla visto che aveva ormai a casa un gran numero di libri in una libreria che non riusciva piú nemmeno a contenerli tutti, e segnalibri e cartelline rosa con articoli infilati dentro con criteri rigidissimi e oscuri per il resto della famiglia, diceva tutto eppure mai accennava alla questione del dito e della luna, mai diceva eh sí, lo confesso, io quel dito l'ho guardato, lo riconosco, sono stato un imbecille quando sono entrato in questa casa, l'ho guardato e riguardato e ho pure pensato che era bello, a modo suo era bello, e forse lo penso ancora chissà, ma tu l'hai mai visto che è la cosa migliore di questo poster. No, non lo diceva. E ora, intanto che facevano lo spuntino e Francesca raccontava ai genitori delle loro imprese, stava bene attento a non guardarlo il poster, o a tenere lo sguardo alto verso la luna. Sapeva che era un trucco, ma faceva finta di non saperlo; faceva finta di guardare la luna, soltanto la luna, cosí esclusivamente da non accorgersi nemmeno che c'era un dito lí sotto, nonostante la scritta recitasse «quando il dito indica la luna, l'imbecille guarda il dito», e quindi oltre alla luna doveva esserci un dito, ma questo non voleva nemmeno saperlo.

A quel punto, ormai, il desiderio di leggere lo aveva preso – anche se non si poteva parlare davvero di uno specifico desiderio di leggere, non ancora, quanto di una seduzione lenta che lo spingeva a desiderare di possedere libri, anche lui, e poi certo, una volta comprati sfogliarne le pagine con una matita in mano per sottolineare i passaggi migliori.

Ma esitava. Passavano i giorni e cresceva la consapevolezza di essere stato intrappolato da una passione sconosciuta, continuava a immaginare questa nuova vita che avrebbe vissuto di lí a poco, e quando passava davanti alla libreria vicino alla scuola, con il motorino o a piedi, rallentava quel tanto che bastava a leggere i titoli dei libri esposti in vetrina e poi andava, selezionando nella mente quei libri che avrebbe voluto comprare, e ne scartava pochi, continuava a pensare che presto si sarebbe fermato una buona volta e sarebbe entrato, presto, già domani forse, e intanto la sera continuava a leggere la Gazzetta dello Sport, ma la leggeva in altro modo, con malinconia, come se stesse per distaccarsene per sempre, e quando prima di addormentarsi la richiudeva e la posava le lanciava un ultimo sguardo – vecchia Gazzetta – perché quella avrebbe potuto anche essere l'ultima volta. Intanto esitava, come chi sa che se comincia sarà portato via per sempre, assaporava il continuo rimandare l'acquisto del primo libro perché aveva capito che poi una volta entrato in questo mondo nuovo sarebbe volato via da tutto il resto, da tutta la vita che aveva vissuto fino ad allora, ed era stata una vita bella e divertente, e ora bisognava entrare in un mondo nuovo, irresistibile sí, ma non sapendo da dove cominciare, facendolo comunque tardi, e chissà che non fosse troppo tardi, perché chissà quanto tempo ci sarebbe voluto per avere una libreria come quella di Francesca, con libri gonfi e un po' appassiti come sono i libri sottolineati con meticolosità.

Col tempo avrebbe provato piacere a muoversi in quel mare, a scartare, scartare e infine scegliere il libro che piú gli interessava, e leggerlo e sottolinearlo, e vedere man mano le pagine gonfiarsi sotto le dita, tanto che le pagine di sinistra diventano piú affascinanti di quelle di destra, perché ogni nuova pagina di sinistra si posa su tutte quelle che hai già letto, mentre quelle di destra sono piatte perché intonse. Eppure all'inizio di un libro il piacere è inverso, le pagine di destra pure se intonse sono tante e voluminose, mentre quelle di sinistra pure se sottolineate, sono molli, fragili e faticano ad aprirsi del tutto. Poi si va avanti e pian piano il fascino si trasforma, lentamente passa da una parte all'altra, e c'è un momento, ci deve essere un momento, un attimo che è quello in cui la preferenza passa dalla pagina di destra a quella di sinistra, eppure quell'attimo non lo scopri mai, vuoi perché è sottile, sfuggente, vuoi perché la lettura ti distrae, e forse un libro ha questo potere magico di concertare le pagine piú avvincenti proprio quando il fascino sta per passare dalle pagine di destra a quelle di sinistra, ma non lo scopri mai, ti ritrovi ad aspettare con ansia di voltare la pagina destra per toccare la sinistra e ormai lo devi accettare come un dato di fatto, qualcosa che è avvenuto e non te ne sei accorto. Ma tutto questo, e altre cose ancora le avrebbe scoperte piú tardi. Ora aveva timore di cominciare, di perdersi in un mare di titoli e di autori, ed esitava. Faceva come quei pattinatori provetti fanno la domenica nelle piste di pattinaggio: stanno lí fermi aggrappati alla balaustra con i pattini ai piedi, e guardano la marea di appassionati, piú o meno bravi, che scorre a gran velocità – e sanno che basterà spingersi e lasciarsi andare in quello sciamare e girare intorno alla pista con gli altri fino a dimenticare quello sguardo esterno che ora conservano, sanno che potranno presto diventare appassionati e veloci come tutti quelli che passano; sono lí, hanno pagato il biglietto d'ingresso ormai, hanno infilato i pattini e manca soltanto quella spinta lieve della mano sulla balaustra e via. Sanno che prima o poi la daranno. Ma esitano.

Conservava nella mente alcuni titoli della libreria di Francesca, titoli che gli erano piaciuti e che ripeteva a mente di continuo: *Il mare colore del vino* per esempio, oppure *E non disse nemmeno una parola* o *Le parole tra noi leggere*. Non sapeva nemmeno se si trattava di romanzi o saggi, o cos'altro ancora. Erano titoli musicali, attraenti, e gli bastava. Poi c'era un libro di un certo Musil che si chiamava «Pagine postume pubblicate in vita». Gli sembrava il titolo piú bello, e per molti anni decise che quello doveva essere il libro piú importante che si potesse avere. Continuava a fantasticare su cosa potesse esserci scritto, e lo faceva cosí tanto che finí per farsi un'idea tutta sua di quel libro, sicuro che rispondesse alla realtà. In seguito, finalmente fu il primo libro che comprò, insieme ad altri due. Entrò in libreria timoroso e passò al commesso un biglietto dove aveva scritto autori e titoli, come se fosse lí perché gli era stato commissionato un acquisto, e lui non c'entrasse nulla. Pagò, prese la busta e montò sul motorino per correre a casa. Era fatta. Aveva cominciato.

Gli altri due li lesse poco tempo dopo, quello delle «pagine postume pubblicate in vita» lo aprí alla prima pagina per segnare la data e il suo nome, come faceva Francesca, e poi lo ripose, tenendolo sempre in bella vista, ma tralasciando di leggerlo. Non gli serviva. Lo aveva già costruito nella sua mente quel libro, ed era sicuro che non potesse contenere parole diverse da quelle che aveva immaginato per un libro con quel titolo. Dopo molti anni poi, lo lesse, giusto per mettere fine a un'ossessione lontana nel tempo, ormai indifferente, e lo trovò del tutto diverso da come lo aveva immaginato; non gli piacque per niente, e quando lo ripose nello scaffale della libreria accanto a *L'uomo senza qualità* e a un altro libro di Musil, decise di fare spazio dietro e fece arretrare tutti e tre i libri di Musil, anche quelli incolpevoli, portando avanti alcuni libri che a quel punto gli sembravano piú meritevoli.

Dopo il primo acquisto in libreria, quasi subito, ma non subito perché erano costosi, cominciò ad acquistare quelli bianchi e rigidi, con le strisce rosse. Li acquistò alla rinfusa, quel che gli importava era averne il piú possibile perché poi li teneva uno a fianco all'altro in modo che le strisce rosse sul dorso di ogni libro formassero una sola linea continua che attraversava un libro dopo l'altro; e poi li annusava di continuo, e sentiva forte quell'odore che aveva provocato tutto questo.

Ora, bisognava cominciare a leggere. Cominciò a farlo la sera, prima di dormire, e se durante i primi giorni riusciva a resistere soltanto per una pagina o due, poi pian piano cominciò a tenere duro e a leggere una pagina dopo l'altra, tenendo testa al sonno, e poggiandosi a volte sul gomito sinistro per sottolineare con la mano destra le frasi piú belle, fino a quando il sonno non lo spingeva a crollare. Comprava e leggeva un libro dopo l'altro, e alla fine giunse il momento in cui le mensole e gli spazi dei mobili per casa non bastavano piú, e bisognava comprare una libreria. Aveva fatto di tutto per arrivare a quel punto, e riponeva i libri nei posti piú strani, in modo che i genitori e i fratelli si arrabbiassero, per poi dire piagnucolando: «l'ho detto io che c'è bisogno di una libreria».

Cosí facendo, la ottenne. Era di legno chiaro, e ci mise due giorni interi per montarla insieme ai fratelli. Ma il peggio venne dopo, perché in ogni punto della stanza in cui decideva di metterla, poi si lamentava che non arrivava abbastanza luce, e la spostava, e la spostava ancora, fino a quando ottenne la posizione migliore per accogliere la quantità di luce maggiore, e non fu contento per niente, perché non era nemmeno paragonabile all'invasione che c'era a casa di Francesca; eppure fece in modo che per lunga parte della giornata raggi di sole diretti colpissero in pieno la libreria, e infatti con il passare del tempo alcuni, e specialmente quelli bianchi con la striscia rossa, cominciarono a ingiallirsi. Per la stanza non si diffondeva quell'odore che sentiva nella stanza di Francesca, ma tutto si confondeva con l'odore solito della sua casa. E poi i libri di Francesca erano sempre bianchi in quella luce forte, ma forse la differenza stava nel fatto che in quella casa la luce si distendeva senza traiettorie precise – oppure non ci era andato per cosí tanto tempo da vedere i libri ingiallire. In ogni caso, non era la stessa cosa.

Cosí, quando facevano una pausa, cominciarono a parlare di libri, e Francesca non mostrò stupore; non era stupida, Francesca, e se gli prestava dei libri ne prendeva volentieri in cambio altri, anche alcuni che aveva letto molti anni prima, e che non stavano piú nella libreria perché per questioni di spazio i piú vecchi avevano dovuto portarli in cantina, non li rileggeva ma li teneva per un po' fino a quando era tempo di restituirli, e ne parlavano, e allora i loro pomeriggi cominciarono a essere pieni di pause lunghissime e brevi sortite nei compiti per il giorno successivo. Lui a gran velocità recuperava il terreno perduto negli anni, e ogni volta parlava di piú, o contrastava con piú coraggio quello che lei diceva. Ma non ebbero il tempo di andare in cucina e lasciar perdere i racconti sulle imprese a scuola; non ebbero il tempo di stuzzicare il padre di Francesca in qualche argomento piú forte.

Un giorno, prima di accorgersi di lei, si accorse che Susanna era sparita, che non riusciva piú a metterla a fuoco intanto che si masturbava, e allora si masturbava di meno, perché non sapeva sostituirla, e la mano andava su e giú sempre piú inspiegabilmente, e quella nausea spesso lo prendeva molto prima di finire.

Prima di accorgersi di Francesca, non si era accorto di nulla.

Scivolava verso un amore che avrebbe riempito molti anni a venire, e non sapeva che tutto era stato costruito giorno dopo giorno, libro dopo libro, spuntino dopo spuntino, confidenza dopo confidenza. Non lo sapeva, e forse non lo sapeva neanche lei.

Cominciarono a vedersi anche fuori da quella casa.

Francesca ogni tanto allungava la mano per accogliere la sua. Lui se la asciugava sempre furtivamente sui jeans prima di intrecciare quella di lei.

Tornava a casa, la sera, e si infilava nel letto. Apriva il libro alla pagina indicata dal segnalibro e cominciava a leggere, ma si fermava spesso ad assaporare i ricordi del pomeriggio, e le possibilità dei tanti pomeriggi a venire. Il padre cominciò a lasciargli la Gazzetta dello Sport sul comodino, quando si accorse che dopo pranzo non la leggeva per correre a studiare ancora prima. Lui scorreva i titoli, e la lasciava cadere. Piú tardi avrebbe pure ricominciato a leggerla, e contro ogni previsione sarebbe riuscito a non abbandonarla del tutto – ma ora no, ora non poteva, ora doveva pensare a quello che gli succedeva, doveva pensarci a lungo e ripetutamente, mettere a fuoco una scena e confrontarla con un'altra, per cercare di capire cosa stava succedendo alla sua vita; e non lo capiva, il senso continuava a sfuggirgli, ma sapeva che doveva continuare a pensarci, fino a quando il libro gli scivolava dalle mani e si accasciava sul petto senza che se ne accorgesse, e quando tornava in sé doveva cercarlo, e stupito se lo ritrovava addosso senza averne sentito il peso. Poi un pomeriggio, all'uscita del cinema, andarono a casa di Francesca. Non avevano da studiare. Sedettero a terra a parlare. Si fece sera. Si dissero cose che non avrebbe mai creduto potessero dirsi. Non lo avrebbe mai creduto due mesi prima, e anche meno, eppure erano cose che mostravano soltanto un piccolo scatto in piú rispetto al pomeriggio, al giorno prima, a due giorni prima.

Cosí, si baciarono.

Fu allora, o poco prima o poco piú tardi non importa, fu all'incirca in quel periodo che cominciò a offrirle caramelle Charms di un colore indefinito.

Santino

Santino aveva otto anni, e nelle narici ancora quegli odori strani dell'Africa. Erano tornati da poco da laggiú, tanto poco che quando si svegliava pensava di sentire la madre urlare: «Santino, alzati, va' a prendere l'acqua al pozzo». Dopo qualche secondo ricordava di essere in Italia, in quella città del Nord, e giú al cortile dove abitavano c'era una fontana dove la madre e la sorellina andavano a riempire i secchi tre o quattro volte al giorno. Era diverso, ora. Ed era meglio.

Quando stavano in Africa, il padre si avvicinava al letto, prima di uscire, e gli diceva a bassa voce: «mi raccomando, piccerì', va' a prendere l'acqua a tua madre senza fare storie, hai capito?» Santino si girava verso di lui e faceva cenno di sí con il capo; e con sforzo apriva gli occhi per guardare il padre con la divisa pulita e stirata, e si avvicinava il piú possibile per sentire l'odore forte di profumo che il padre metteva dopo aver fatto la barba. Era un odore che spazzava via per qualche minuto la puzza dei vicoli di Bengasi.

Dopo un po' si alzava e correva con due secchi attraverso cortili che stavano uno dentro l'altro, tanto che il sole non arrivava a colpirli. Ma faceva caldo, e lui sentiva subito il sudore sulle tempie; poi, arrivava in una piazza inondata dal sole, e si metteva in fila dietro donnone nere e sudate, con i capelli increspati. Quando finalmente riusciva a riempire i secchi, tornava verso casa, trascinandoli a fatica, e cercando di tenere i polsi fermi per non farli dondolare, altrimenti avrebbe perso dell'acqua per strada. Non si chiedeva perché toccava sempre a lui: era il piú grande, e il padre gli diceva: «devi badare a tua madre e ai tuoi fratelli, hai capito?» e lui faceva cenno di sí con il capo.

Aveva suole bucate e ginocchia nere e sbucciate, colpa dei tuffi da portiere che faceva quando giocava a pallone con gli amici. In pochi giorni aveva imparato a conoscere le strade della città, almeno quelle che era necessario conoscere. Stava spesso in silenzio, a casa, anche quando i fratellini litigavano, e la madre urlava esasperata: guardava la scena con occhi severi, come faceva il padre, ma a lui non riusciva mai di ottenere lo stesso silenzio. Era obbediente, anche quando la madre gli diceva che bisognava indossare quella piccola divisa nera, lo faceva senza fastidio, o con un sorriso pieno se c'era il padre a guardarlo e a dargli un buffetto sulla guancia. Ma non vedeva l'ora di levarla per poter correre a giocare a pallone. Andava a un campetto vicino casa, e ormai lo conoscevano tutti: erano bambini piú grandi, e alcuni portavano calzoni lunghi, e lui si chiedeva quando gli sarebbe toccato di portare i calzoni lunghi. Lo chiedeva alla madre, ma la madre non gli rispondeva mai, era sempre indaffarata: «come si fa a badare a un marito e quattro figli» diceva alla vicina. Era spesso intenta a girare il sugo in una grande pentola, mentre ogni tanto con l'altra mano si asciugava il sudore. In casa c'era confusione, e a Santino la confusione non piaceva: correva al campetto, e si fermava a guardare i ragazzi piú grandi che giocavano. Li contava, sperando che ne mancasse uno, cosí gli avrebbero chiesto di giocare; e in ogni caso lo chiamavano, visto che era cosí bravo in porta e non aveva paura di tuffarsi e di sbucciarsi le ginocchia. Una volta uno di quei ragazzi, uno di quelli che portavano i calzoni lunghi, gli aveva detto che avrebbe dovuto fare il portiere da grande, e Santino per giorni e giorni aveva ripetuto quella frase nella mente, e ora, se qualcuno gli chiedeva cosa avrebbe voluto fare da grande, rispondeva: il portiere di una squadra di calcio.

Poi arrivava la sera, e la madre aspettava che si facesse buio, poi aspettava un altro po' nella speranza che il marito tornasse, ma non tornava perché quando usciva dalla caserma andava direttamente al circolo a giocare a carte con gli amici. Alla fine, mangiavano. Dopo aver cenato, aspettavano ancora. Poi la madre diceva agli altri tre di andare a dormire, e Santino capiva: doveva andare al circolo.

«Va' a chiamare tuo padre, corri».

Santino infilava una maglia piú pesante e intanto pensava che la madre diceva «mio marito» quando mandava a chiamare il padre per una buona notizia, e «tuo padre» quando non gli voleva bene. E in quei giorni, da quando erano tornati in Italia, e il padre aveva cominciato a frequentare il circolo militare, non gli voleva bene.

Era una storia vecchia, e quando qualche domenica erano di buonumore e c'era qualche ospite a pranzo, la madre la raccontava sempre e tutti ridevano, anche il padre che faceva finta di arrabbiarsi perché, diceva, «sono fatti nostri, e poi eravamo giovani»: quando stavano al paese loro, e Santino era molto piccolo, il maresciallo, come lo chiamavano tutti, andava tutte le sere al Circolo Nazionale, e a una certa ora la madre si metteva un cappotto sopra la camicia da notte, e andava a chiamarlo. Litigavano in mezzo alla piazza del paese, con la gente che si affacciava dai balconi e gli amici del maresciallo che guardavano da dietro i vetri del circolo, perché se fossero usciti la moglie avrebbe insultato anche loro. Finiva che lei tornava a casa piangendo, e lui la seguiva, minacciandola da lontano, e bestemmiando.

Ora il padre aveva ripreso «il vizio». «In questa città non ci conoscono, – gli aveva detto la prima volta la madre, – e non possiamo fare scenate, e poi tuo padre è rispettato, io non ci posso andare. Vacci tu, e non tornare a casa da solo».

Lo sapeva bene, Santino, che non doveva tornare a casa da solo. Quelle volte che lo aveva fatto, la madre lo aveva picchiato fino a fargli sentire dolore alle ossa, fino a fargli sentire quella strana stanchezza che gli prendeva quando veniva picchiato, e si buttava sul letto vestito, cercando di smettere di singhiozzare, e non ci riusciva, e piangendo finiva per addormentarsi, fino a quando non sentiva che qualcuno gli stava sfilando le scarpe: allora, tra il sonno e la veglia si sedeva sul letto e si lasciava svestire, poi si stendeva di nuovo senza aver mai aperto gli occhi, aspettava che la coperta gli cadesse addosso e non faceva in tempo a sentire i passi che si allontanavano.

Mentre apriva la porta, la madre lo raggiungeva e gli diceva minacciosa: «torna con tuo padre, oppure è meglio che non torni proprio, hai capito?»

Scendeva in strada, e sapeva dove andare. C'era silenzio, e pochi lampioni illuminavano le strade di una luce fioca: saltellava da uno all'altro, e non aveva paura, nemmeno quando non c'era piú nessuno. Non aveva mai paura. Glielo aveva insegnato il padre: Santino in quelle sere immaginava di avere le spalle forti e lo sguardo imperioso del maresciallo, e se qualcuno si fosse avvicinato lo avrebbe affrontato a muso duro. In quel silenzio, già prima di svoltare l'ultimo angolo prima di vedere il Circolo Militare, poteva sentire il vociare lontano, e quando la luce forte e il fumo denso del circolo apparivano, a Santino mancava subito il coraggio di entrare. Ma si faceva forza, ed entrava. Aveva le mani in tasca e la testa bassa per la vergogna, mentre salutava con un «buonasera» detto forte, contro voglia, altrimenti il padre gli avrebbe urlato che era un maleducato.

Andò dritto verso il solito tavolo. Mentre si avvicinava sentí risate grasse, e vide i soliti amici mordere sigari puzzolenti. Il maresciallo era al suo posto, di spalle, con la schiena bassa tanto che quasi la testa toccava lo schienale, segno che teneva le gambe allungate sotto il tavolo. Santino si fermò ancora: sapeva che il padre non sarebbe stato contento di vederlo lí, ma pensò agli schiaffi che avrebbe preso se fosse tornato da solo, e prese coraggio. Si avvicinò. Il padre urlava e rideva piú forte di tutti, era sempre allegro quando stava al circolo, parlava e parlava, mentre a casa faceva sempre il muso e gli occhi cattivi quando i fratellini urlavano e litigavano; e poi con la madre parlava poco, rispondeva a monosillabi alle sue domande insistenti, e si innervosiva subito. Quando mangiava in famiglia, non parlava, guardava il suo piatto e soffiava sul cucchiaio se la pasta era troppo calda; ai figli rivolgeva la parola soltanto per dire «non fare rumore con la bocca», «stai dritto quando siedi a tavola», «tira la sedia piú sotto, sennò ti sporchi». E loro, in silenzio, obbedivano.

Santino in fondo era felice di andare al circolo, la sera, perché sapeva che era facile trovarlo di buonumore, e gli dispiaceva molto quando gli diceva: «che sei venuto a fare? È tardi, torna a casa», e gli occhi tornavano per un attimo cattivi. Avrebbe voluto arrivare da dietro, toccargli la spalla e dire: «papà, sono io, giocate tranquillo, sono venuto un po' a vedere, poi me ne vado». Ma sapeva bene che non era cosí.

Lo toccò sulla spalla, e prima che si girasse gli amici avevano già detto: «è arrivato tuo figlio Santino». Il padre lo guardò e smise di ridere, mentre lui girava il tavolo per dare la mano a tutti e dire «buonasera», sapendo che il padre si sarebbe calmato, orgoglioso dell'educazione del figlio. «Buonasera, bello» disse il capitano Bovenzi, l'unico signore che Santino conosceva perché era venuto un paio di volte a mangiare a casa, e perché era nato anche lui dalle loro parti. «Siediti, vieni a vedere tuo padre come sa perdere con eleganza» disse Bovenzi, e Santino rise insieme agli altri, insieme al padre, perché tutti sapevano che il maresciallo gettava le carte per aria e bestemmiava contro la malasorte. Anche Santino l'aveva visto, e la prima volta aveva avuto tanta paura che non era riuscito a trattenere le lacrime, ma poi aveva capito che al maresciallo «i cinque minuti», come li chiamava, passavano subito.

«Che sei venuto a fare a quest'ora?» disse il padre, guardando le carte che gli si aprivano in mano a grande velocità.

«Mi ha mandato mammà. Ha detto che dobbiamo tornare a casa».

«E va bene. Avviati, e di' a mammà che io tra un poco vengo».

«Ha detto che dobbiamo tornare insieme».

«Eh! N'ata vota 'a stessa storia. Va' a casa che è tardi. Io finisco questa partita e vengo».

«E io vi aspetto, perché mammà si arrabbia se non torniamo insieme».

«Tu tieni la stessa capa tosta di tua madre».

«Mi posso sedere?»

«E sediti».

Gli amici ridevano, perché ogni volta quei dialoghi si ripetevano, e poi ridevano sempre quando il maresciallo diceva qualche parola in dialetto.

Santino prese la sedia e la piazzò al fianco del padre. Era alta, e allora non si sedette, ma si mise in ginocchio, sporgendosi in avanti sul tavolo, appoggiando la testa su un gomito. Guardava le mani veloci calare carte sul tavolo una dietro l'altra, e per qualche regola uno solo le prendeva tutte. Non aveva mai osato chiedere le regole, ma aveva capito che il padre e il capitano Bovenzi, che sedeva di fronte, erano della stessa squadra, mentre gli altri due erano della squadra avversaria. Lo aveva capito perché sempre il capitano, quando toccava a lui di ritirare le carte, non le teneva, ma le buttava al padre, che le raccoglieva e le metteva sul mazzo. Verso la fine di ogni mano, cominciavano a essere piú veloci, e non si capiva niente, o meglio non capiva niente Santino. Poi arrivava il momento in cui si divertiva: alla fine di ogni mano, cominciavano discussioni accese tra i quattro, su come avevano giocato la mano, quale carta era stata decisiva, e il padre era il primo ad alzare la voce e a difendersi offeso, se perdeva, e a prendere in giro, se vinceva.

Santino lo capiva subito, quando arrivava, se il padre stava vincendo o perdendo. Se vinceva, si girava sorridendo verso di lui e diceva: «va bene, picceri', te ne puoi andare. Dici a mammà che non ti deve fare troppo male quando ti dà le mazzate, hai capito. Statti bene, e non piangere: fai l'uomo». Gli amici ridevano, e rideva pure Santino. Se perdeva, dopo una discussione, lo guardava con quello sguardo cattivo: «fammi il piacere, non ti ci mettere pure tu, vattenne a casa, che papà stasera torna molto tardi». Santino restava lí fermo, e il padre sbuffava.

Quella sera era di buonumore.

«Senti una cosa, picceri'. Papà ti fa un regalo. Va' dal signor Mario e digli che papà ha detto che ti deve dare un gelato. Poi però te ne vai a casa, hai capito?»

«Non lo voglio il gelato».

«Ti faccio portare un po' di cioccolata. La vuoi la cioccolata?»

«Papà, non voglio niente. Io sto qua, aspetto quando avete finito, e dopo ce ne andiamo insieme».

E aspettava.

Guardava le carte, fino a che la stanchezza non lo spingeva a poggiare la testa sul tavolo.

«Non dormire, a papà, che ora ce ne andiamo».

E Santino non voleva dormire, ma era tardi e non ce la faceva piú.

Anche quella sera, come le altre sere, sentí qualcuno che lo scuoteva toccandogli la spalla. La voce del padre che gli diceva di svegliarsi. E allora capí. Con gli occhi semichiusi disse: «buonasera a tutti» e s'avviò fuori, sentendo le risate del padre e degli amici. Il maresciallo era di buonumore, e Santino fece uno sforzo per svegliarsi, perché gli piaceva tanto camminare al suo fianco, sulla strada del ritorno.

Il padre uscí dal circolo, accese un sigaro e gli prese la mano per un attimo, ma poi la lasciò subito, come se avesse ricordato all'improvviso che Santino era un ometto ormai. Andarono verso casa, e stavolta non andavano da un lampione all'altro.

«Tieni sempre le ginocchia graffiate. Pure oggi hai giocato al campetto?»

«Sí».

«Fai sempre il portiere?»

«Sí, mi piace».

«Ma fai delle belle parate, almeno?»

«Sí. Oggi ho fatto un tuffo bellissimo. Pure i miei amici l'hanno detto».

«Eh, non ci credo. Come hai fatto?»

Santino cominciò a raccontare il tuffo bellissimo, e ogni tanto si fermava per far immaginare la scena al padre, che lo guardava sorridendo. In sere come quelle, sperava che non arrivassero mai a casa. Il padre, cosí, lo vedeva solo in quelle sere; parlava in quel modo soltanto con lui: i suoi fratelli, pensava, non sapevano nemmeno che il maresciallo fosse cosí. Nemmeno con la madre era cosí, però Santino era convinto che qualche volta, quando erano piú giovani, lo era stato. Pensava che qualche volta, quando la madre andava a prenderlo al Circolo Nazionale, al paese, e non litigavano, tornando a casa parlavano e ridevano, e il padre non rispondeva nervoso come ora.

«Qualche volta vengo al campetto a vedere se veramente fai queste parate».

«Non mi credete?»

«Sí, ti credo. Ma devo vedere con gli occhi miei».

Poi stettero in silenzio per un po'. Santino ascoltava attento il rumore dei passi, e pensava a cosa avrebbe potuto dire, ma non gli veniva in mente niente, e sperava che parlasse il padre.

«Picceri', ti piacerebbe tornare a casa?»

Per «tornare a casa» il padre intendeva tornare al paese, e lo diceva spesso che molto presto sarebbero tornati a casa.

«Sí» rispose Santino, perché sapeva che il maresciallo aspettava quel sí. E poi gli faceva davvero piacere, perché tutte le cose che sentiva raccontare erano accadute al paese, anche se lui non ricordava niente, perché era piccolo e perché confondeva le case dove avevano abitato.

«E a Bengasi?»

«No. Faceva caldo».

«È vero, faceva caldo. Papà ti promette che presto torniamo a casa».

«Voi avete voglia di tornare a casa?»

«E come no. Quando torniamo, papà la sera ti porta con lui al Circolo Nazionale dove stanno tutti i suoi amici». Poi Santino lo sentí prendere fiato. Il maresciallo continuò: «Picceri', stai a sentire una cosa importante: lo sai che se Mussolini decide di fare la guerra, papà ci deve andare, e stavolta ci deve andare da solo?»

«Sí». Non era vero. Non lo sapeva. Non sapeva nemmeno che a Bengasi c'erano andati perché il padre doveva fare la guerra. L'aveva sentito dopo, quando già stavano in Italia.

«E lo sai che in guerra può succedere che uno non torna piú a casa?»

«Lo so». E questo lo sapeva veramente.

«Ecco, bravo. E allora stammi a sentire. Se papà va con Mussolini a fare la guerra, tu devi stare con mammà e con i tuoi fratellini, devi badare a loro come fa papà adesso. Devi essere il capofamiglia, hai capito?»

Santino fece cenno di sí con il capo. Aveva voglia di dirgli che quando lui stava in caserma o al circolo, a casa già faceva come lui, stava sempre zitto e guardava con occhi severi i fratellini che litigavano, ma quelli non gli badavano. Ma non parlò. Capí che in quel momento da qualche parte era calata un po' di tristezza nella strada buia, ma non riusciva a sentirla. Ebbe voglia di prendere la mano del maresciallo, ma ricordò che poco prima gliel'aveva lasciata subito.

Dopo pochi mesi tornarono al paese. Il padre sembrò felice il giorno che arrivarono, ma nei giorni seguenti non perse quello sguardo cattivo, anzi sembrava piú silenzioso. Sembrava triste come quella sera.

Mussolini non fece in tempo a dire che l'ora della riscossa era giunta. Il maresciallo morí prima, per una malattia grave, e Santino non chiese mai quale fosse. Non chiedeva mai nulla: quando dovevano preparare valigie e cartoni per andare in un'altra città, quando andarono in Africa e quando doveva andare a chiamare il padre al circolo non diceva nulla, faceva tutto quello che c'era da fare, e poi, se aveva tempo, correva dagli amici per giocare a pallone, per andare a fare tuffi bellissimi in porta.

Il giorno stesso che il padre morí, c'era una gran confusione in casa, e a lui la confusione non piaceva. La madre lo chiamò in una stanza e chiuse la porta. Smise di piangere e gli disse: «Figlio mio, lo sai che da oggi devi essere il capofamiglia?»

Santino lo sapeva.

Ombrelli

Abito in una piccola città del Sud: per questo dimentico gli ombrelli.

Li dimenticavo anzi, perché ora non li uso piú.

Nelle città del Sud non piove spesso, e ci sono periodi in cui si può dire: quasi mai; cosí manca una certa dimestichezza con ombrelli, copricapo, impermeabili.

Basta guardarsi intorno quando piove: ci vedi correre da un riparo all'altro con il giornale o la borsa sulla testa incavata nel collo intanto che da un portico puntiamo veloci verso un portone. Per molti di noi, da anni quella è l'unica occasione per provare ancora l'ebbrezza di correre. Si vede dai movimenti impacciati e dal respiro subito affannato. Alcuni hanno scarpe con i tacchi o mocassini dalla suola liscia, e fanno passi brevi e veloci in punta di piedi poggiando tutto il peso lí dove è impresso il numero delle scarpe o la sigla «vero cuoio»; e pure scivolano, scivolano appena e si sostengono con movimenti a scatto e con impaccio a un muro o al tetto di un'auto in sosta, graffiandosi le mani. Serrano le mascelle e sentono un piccolo colpo allo stomaco. Se fossi caduto, pensano. E si guardano intorno per vedere se qualcuno ha notato quel cedimento. Sperano nessuno. Poi ripartono. Stanno piú attenti, puntano i piedi, alternano corsa e saltelli e rovinano per sempre le scarpe quando le immergono in pozzanghere non piú evitabili. Altri, li vedi fermi al riparo e lasciano passare dieci minuti e poi altri dieci e dieci ancora, non sanno cosa fare, non sanno se aspettare che spiova un po' o provarci ora che non è cosí brutto – dopo potrebbe venire giú peggio. Si preparano a ripartire, si dicono: ora!, studiano con cura le tappe da fare, cercano intorno sguardi complici, qualcun altro che vada, e se qualcuno va lo invidiano, si dicono: allora vado anch'io, ora!, ora!, poi però non lo fanno, restano, aspettano ancora un po', magari spiove. Altri dieci minuti; poi dieci ancora, e intanto pensano: dovevo andare anch'io prima, a quest'ora sarei già a casa. Poi alla fine vanno, scegliendo il momento peggiore, la pioggia li bombarda con gocce asfissianti, vorrebbero gridare ma non lo fanno, o meglio lo fanno ma senza emettere suoni.

Quelli che abitano nelle città del Sud, si sorprendono quando piove. Non hanno dimestichezza, insomma. Ammetto che tra non avere dimestichezza con gli ombrelli e dimenticarli puntualmente ne passa. Ma non è che potessi farci molto. Quando si dimentica qualcosa, si dimentica pure che non bisognerebbe dimenticarla. Ma questo a mia madre non riuscivo a farlo capire. Continuava a ripetere: devi stare piú attento. Quando stavo per uscire da scuola, da un bar o da casa di un amico, secondo lei avrei dovuto pensare: sono uno che dimentica tutto, quindi vediamo stavolta cosa sto dimenticando, questo ce l'ho, questo ce l'ho – ah, ecco, l'ombrello. Se dimenticavo l'ombrello era perché avevo dimenticato di essere uno che dimentica tutto, o se ci provavo a dire questo ce l'ho e questo ce l'ho, lo dicevo perché ricordavo quello che avevo, o non lo ricordavo ma lo toccavo o lo vedevo, e l'ombrello proprio non pensavo di averlo, non lo portavo quasi mai perché non pioveva quasi mai, e allora prima di andare via non guardavo nel portaombrelli o chissà dove. Figuriamoci. Dimenticavo persino la rabbia di mia madre quando sarei tornato a casa, eppure quella avrei dovuto ricordarla bene perché mi faceva paura. Ma tant'è. Dimenticavo, e lei non capiva. Si disperava. Io non potevo farci nulla. Era sempre troppo tardi. Continuavo a disseminare ombrelli per la città. Alcuni li recuperavo, ma tanto poi li perdevo di nuovo, e lei era costretta a ricomprarli mentre tanti dei nostri ombrelli riparavano altri in giro per la città ed erano cosí tanti che non li avremmo piú riconosciuti.

Succedeva che non ricordavo piú dove li avevo dimenticati, proprio non lo sapevo, ero convinto che non ero mai uscito con un ombrello quel giorno o forse non ero stato da nessuna parte intanto che cercavo di star dietro all'interrogatorio: domande pressanti, urlate a pochi centimetri dalla faccia – e se finalmente dicevo dove ero stato, mi costringeva a cercare il numero sulla guida e a telefonare immediatamente, mentre lei aspettava piantata davanti a me. Era tutta concentrata sulla questione, stava vicino, molto vicino e non aveva intenzione di allontanarsi nemmeno per un attimo, darmi respiro, no, bisognava risolverla subito, finché si era in tempo per correre a recuperarlo e non lasciarlo usare poi da qualcun altro nei mesi successivi. Allora io telefonavo, chiedevo con cortesia se per caso avessero trovato lí un ombrello di quel colore, un po' scassato oppure nuovo nuovo, dicevo che non ricordavo dove avevo potuto lasciarlo, ma doveva essere da qualche parte, se potevano cercare io attendevo al telefono, e poi ripetevo ancora alcuni particolari che mia madre suggeriva con voce sussurrata ma feroce: il manico nero con cuciture bianche, una stanghetta fuori posto, un disegno a quadri.

Intanto non sapevo cosa sperare: se non c'era, l'interrogatorio sarebbe continuato fino a quando non avessi ricordato tutti i posti dove ero stato quel giorno, e non avessi poi telefonato; se c'era, sarei stato costretto a scendere di nuovo in strada, e se pioveva ancora, senza ombrello – ti arrangi, mi avrebbe detto, senza che per questo si calmasse. E poi tanto lo avrei perso di nuovo: quindi.

Cosí, tutte le volte: urla, sforzi di memoria, telefonate, se può controllare io attendo al telefono, grazie – e poi lunghe camminate per strada con un nodo alla gola per la tristezza, la fatica, l'umiliazione di sentire il tremore e quelle urla nella testa, e ricordare e ricordare cosa avevo fatto durante tutta la giornata, come avevo fatto a perderlo ancora una volta. Al ritorno a casa, poi, con o senza ombrello, perché non valeva a nulla averlo recuperato, ancora quella tensione, dio mio, le porte sbattute, i silenzi a tavola, le mie domande stupide che cercavano qualsiasi risposta che indicasse un perdono ormai concesso e trovavano invece monosillabi che lo respingevano. E bisognava aspettare. Aspettare che finisse, che l'ostilità si smorzasse, venisse dimenticata, ma era difficile per loro che non dimenticavano mai nulla, e non c'era verso di capire quando poteva succedere finalmente – a volte subito, piú spesso dopo due giorni, o tre, quattro, cinque. E poi nei giorni successivi il tentativo pieno di buoni propositi di concentrarmi su ogni azione per rendere visibile la redenzione, le mani aggrappate agli oggetti che non avrei lo giuro perso mai piú, gli ombrelli poi non ne parliamo, le mani aggrappate con tendini tesi fino a grondare sudore, prestando attenzione, prestando continuamente attenzione fino a quando una distrazione faceva svanire tutto, e dimenticavo, di nuovo dimenticavo, svaniva tutto proprio come era svanita l'ostilità di mia madre, da un minuto all'altro senza motivo – le porte erano state di nuovo accompagnate fino all'ultimo tocco per richiudersi silenziose, le parole inutili e leggere erano tornate a riempire la casa, anche da una stanza all'altra, come per sfogare un silenzio troppo lungo; fino a quando era tornata quella serenità che aveva buttato ogni cosa dietro le spalle, ogni cosa; e cosí anche le mie mani, a quel punto, lasciavano la presa stretta sugli oggetti bagnati dal sudore e gesticolavano con allegria come un tempo, come se non fosse mai successo nulla, e in fondo poi cosa era mai successo; cosí quando riprendevo la strada di casa le mani erano fredde e secche, e gli oggetti restavano lí dove li avevo lasciati. E chissà dove, poi.

Me ne sarei accorto soltanto davanti allo sguardo di mia madre.

Dimenticavo e perdevo libri di scuola, orologi, soldi, chiavi di casa – e bisognava sostituire la serratura; lasciavo indumenti negli spogliatoi al termine di allenamenti e partite; dimenticavo di ritirare le buste della spesa in salumeria, le camicie di mio padre in lavanderia. E gli ombrelli. Quelli, poi.

In alcune famiglie si ha paura che finiscano le buste per la spazzatura, in altre si sente continuamente: hai spento la luce? In altre ancora non ci si può chiudere a chiave in camera o in bagno perché se poi ti senti male, o non bisogna andare nel salotto buono; e la televisione ha il volume troppo alto, abbassa! A casa mia c'era una particolare attenzione per gli ombrelli.

Ne arrivavano ogni volta di nuovi e stavano tutti pressati in un capiente portaombrelli nell'ingresso. Non credo ce ne fossero di piú capienti in giro. Mio padre era uno dei pochi che non si faceva sorprendere dalla pioggia: ogni volta prima di uscire si avvicinava alla finestra della camera da letto, e scrutava fuori a lungo, perché diceva che ci sono piogge che non si riconoscono subito; credo che aspettasse le sue piogge con impazienza perché adorava i suoi ombrelli, e li provava uno per uno come se fosse possibile trovarne uno adatto a quel giorno; lo sceglieva con soddisfazione, e se era nuovo con i denti dava uno strappo all'etichetta legata al manico, lo estraeva dall'involucro, cercava il bottoncino della striscia di tela che lo teneva fasciato e l'ombrello si liberava dalla stretta: allora lo scuoteva per fargli respirare l'aria intorno, l'aria di casa, tenendolo dritto davanti a sé. Non lo apriva perché diceva: in casa porta male. Neanche a noi era consentito aprirli in casa.

Poi usciva. E appena fuori si fermava al limite del riparo, si guardava intorno per misurare quanto pioveva o se il cielo non prometteva niente di buono per le prossime ore, e dove buttava il vento. Poi apriva l'ombrello e andava – e sapeva tenerlo all'altezza giusta perché il braccio era forte e rigido; non si stancava mai. Quando uscivo con lui, tenevo la mano sul braccio e non ci bagnavamo. Nessuno dei due. Sapeva tenere l'ombrello mio padre, camminavamo spediti guardando le pozzanghere e lui comandava: vieni piú in qua, scendiamo dal marciapiede, va' dalla parte tua, stai piú sotto; e andavamo spediti senza bagnarci se non appena un poco sul braccio esterno. Ma poco.

Piú tardi, venne il tempo degli ombrelli a scatto. Avevano un pulsante lucido poco piú su del manico e appena in strada lo premevi e l'ombrello partiva a razzo verso il cielo, e un rumore sordo lo inchiodava alla massima apertura proprio quando già pensavi che ti avrebbe trascinato via con sé. Si apriva cosí. Da quel momento gli altri diventarono ombrelli di seconda categoria, e li usavamo noi figli.

Però un giorno finalmente mia madre mi concesse di usare l'ombrello a scatto. Ero molto felice e molto preoccupato. Mi aveva fatto mille raccomandazioni, e a scuola non volli lasciarlo nel portaombrelli, lo tenni poggiato al banco, di traverso accanto a me, e non avrei potuto andare via senza inciamparvi. Ogni tanto, senza distogliere lo sguardo dal professore lo toccavo per rassicurarmi, per provarmi che non lo avrei dimenticato. Infatti lo riportai a casa in salvo. Cosí lo riebbi il giorno dopo. Ero contento perché mi divertivo a puntarlo in avanti e ad aprirlo all'improvviso, facendo dimostrazioni a compagni di scuola che non l'avevano ancora: potevano guardare ma non toccare, e se mi chiedevano con insistenza di provarci, dicevo che mi dispiaceva ma potevano romperlo e quindi non era possibile. Dopo pochi giorni, mi stancai. Cominciai ad aprirlo soltanto quando ce n'era bisogno, come facevo con gli ombrelli vecchi.

Cosí, lo persi.

Lo dimenticai da qualche parte, ma non ho mai capito dove. Da quel giorno la situazione precipitò.

La porta d'ingresso si aprí. Ero infreddolito. Le sorrisi. Feci per entrare.

«E l'ombrello?»

Il modo in cui me lo chiese, non lo dimentico: la voce era già stupita e minacciosa, rotta dalla rabbia. Non risposi, mi guardai le mani e mi voltai: corsi giú per le scale. Dietro sentii la porta sbattere fortissimo. Non respiravo e correvo. Correvo verso l'ultimo posto dove ero stato quella sera, cercando di ricordare tutti gli altri. Andai e cercai, chiesi di un ombrello nero di quelli nuovi a scatto, cercai e cercai, chiesi di guardare meglio, lasciai il mio numero di telefono, alla fine bussai al custode della scuola e mi feci accompagnare nella mia aula, anche se avevo un'immagine nitida dell'ombrello nella mia mano quando ero uscito dopo pranzo. Infatti non c'era. Era l'ultima possibilità. Non potevo cercare piú, non mi restava che tornare a casa.

Tornando guardavo a terra come se lo avessi perso per strada, e maledicevo il cielo che aveva fatto piovere per qualche giorno di seguito, ma mai di continuo e mai forte, mai per tutto il giorno. Maledicevo la città, dove pioveva poco, con temporali brevi e potenti, rari, poi tornava il sole e non ci si abituava mai.

Camminavo lentamente e guardavo in ogni angolo, non ci speravo, ma almeno cosí ritardavo, e pensavo, pensavo che avrei potuto essere migliore – se fossi stato migliore, se fossi stato come mio padre che l'ombrello lo scuoteva e si sentiva tutta l'aria intorno, e non lo perdeva mai, tornava a casa col manico infilato sul polso se era asciutto, e se era bagnato lo lasciava aperto per un'ora e piú fuori la porta, poi mentre stava facendo un'altra cosa, qualsiasi cosa, all'improvviso si fermava e andava verso la porta d'ingresso, tirava dentro l'ombrello asciutto e lo riponeva ben chiuso nel portaombrelli, spostando gli altri con cura per fare spazio; faceva tutto senza fatica, cioè lo faceva e pensava ad altro, non mostrava di fare sforzi per ricordare e io lo ammiravo perché non avrei saputo fare come lui, e per fare una dietro l'altra tutte quelle operazioni avrei dovuto concentrarmi e concentrarmi, non pensare ad altro, e se mi distraevo sarebbe finito tutto. Non che mi sarebbe piaciuto fare quelle operazioni, questo no, però se fossi stato come lui, se avessi imparato a fare quelle cose come le faceva lui, saremmo stati piú felici, lo capivo, tutti i giorni sarebbero stati come quei giorni in cui non ce l'avevano con me da molto tempo, come quei giorni quando mia madre mi concedeva di usare l'ombrello a scatto; e anche se non riuscivo a immaginare una sequenza di giorni tutti cosí, tutti lisci e senza il rumore di porte che sbattono, anche se non potevo proprio immaginarli, sapevo che sarebbe stato bello, quasi perfetto, se solo fossi stato migliore. Ma ormai.

Suonai il campanello. Sembrò che la porta si aprisse da sola – poi feci in tempo a vedere mia madre sparire nel corridoio. Andai in camera mia. Poi cenammo in silenzio. Quando andai a letto, dissi: buonanotte. Nessuno rispose.

Nei giorni seguenti, la situazione sembrò tornare alla normalità, anche se con fatica. Per capire, bisognò attendere che piovesse di nuovo. Mio padre aveva guardato dalla finestra e aveva detto che pioveva forte. Si sentiva. Mia madre aspettò davanti alla porta. Dovevo andare a scuola; mi allungò un vecchio ombrello, l'unico rimasto cosí vecchio, non lo usava piú nessuno ormai. Ma non m'importava. Però era pieno di disegni con i fiorellini colorati. Questo m'importava, e come. Non potevo andare a scuola con un ombrello con i fiorellini colorati. O questo o niente, rispose. Niente, pensai. E uscii, sbattendo la porta.

Mi bagnai. Mi bagnai molto, quella mattina. Da quel giorno, mi sono sempre bagnato cosí: zuppo. Zuppo d'acqua. Le gocce rigavano il viso perché i capelli dopo un po' non la tenevano piú quest'acqua che poi si infilava nel colletto della camicia – e pure la giacca a vento era zuppa, zuppa che non sapevo da dove prenderla per toglierla. Tutti gli indumenti cambiavano colore. Le scarpe e i calzini erano cosí bagnati che a ogni passo si sentiva il rumore dell'acqua ondeggiante come in una vasca; i jeans erano irrigiditi fino alle ginocchia.

Non posso dire di essermici abituato, ma ormai so cosa mi aspetta. Il disagio, quello non scompare mai. Dopo, dico. Quando arrivi in un posto e non puoi fare altro che aspettare. Non hai il coraggio di muoverti, senti gocce cadere sul pavimento e non puoi fare altro che aspettare, aspettare che l'acqua si asciughi addosso – e il tempo non passa mai, mai, l'acqua continua a penetrare in ogni anfratto del corpo, la senti scivolare addosso e poi penetrare la pelle, la senti dentro e non hai piú rifugio, non devi muoverti né fare nulla, quando l'acqua penetra nella pelle non puoi andare in nessun posto caldo perché anche lí è bagnato, e questo bagnato ti segue, te lo porti ovunque e puoi soltanto aspettare che piano piano l'acqua si asciughi addosso, e rimane un freddo da fare battere i denti mentre il naso già cola un raffreddore veloce. I jeans rimangono scuri e rigidi, e premono forte sui polpacci. Da quel giorno, ogni volta è cosí. Non ho piú avuto un ombrello e piano piano ho smesso anche di desiderarlo, di pensarci.

Da quel giorno, prima di uscire non mi mettevo a guardare se pioveva: tanto era lo stesso. Giú in strada, correvo da un portico all'altro, da un portone all'altro, mi riparavo e strisciavo appoggiato al muro per guadagnare ancora qualche metro sotto balconi e grondaie – ma dalle grondaie cadevano gocce pesanti e rumorose, e una sola bastava a invalidare un percorso coperto di decine di metri: cosí cominciai a evitarle, preferendo in quei tratti la pioggia della strada, continua, però calcolabile. Avanzavo a scatti, approfittando del momento in cui lo scroscio si affievoliva, o cosí mi sembrava – perché alle volte era piú difficile capirlo; scivolavo sui lastroni bagnati e continuavo a girarmi intorno per vedere se qualcuno aveva visto, speravo nessuno, non sapevo quali scarpe usare e quanto tenessero quelle che calzavo, ma poi alla fine cedevano tutte e i calzini strizzavano acqua a ogni passo. Cercavo di saltare le pozzanghere correndo sulle punte, alternando passi cortissimi a balzi improvvisi in avanti, ma non sempre riuscivo a controllare l'equilibrio, a frenare per esempio, specialmente quando le pozzanghere diventavano frequenti contro una corsa affannata e ormai lanciata e allora facevo tre passi corti, un balzo, un altro balzo verso destra, ancora uno, un passo corto, due, quasi frenavo ma non ce la facevo e allora un balzo lungo, un colpo di reni ma ormai vedevo il piede planare verso una pozzanghera ampia, lo vedevo e non potevo fare piú nulla, speravo che diventasse all'improvviso leggero, leggerissimo, che non sentisse il peso del mio corpo sopra di lui e sfiorasse quasi il peso dell'acqua e andasse oltre: invece cadeva pesante e qualche schizzo lo vedevo salire fino all'altezza del viso. Tenevo la testa bassa, gli occhi semichiusi per ripararli dalla pioggia. Qualsiasi cappello, alla fine non teneva piú; e cosí usavo libri di scuola, giornali, lo zaino, le buste della spesa, li premevo in testa per non farmeli sfuggire; a volte alzavo il cappuccio, ma durante la corsa volava all'indietro. Mi fermavo sotto i portoni ad aspettare la fine di scariche d'acqua piú potenti, aspettavo e se non finivano mi dicevo che dovevo andare lo stesso, dicevo: ora! ora! ora! ma restavo fermo e facevo tardi a pranzo, a scuola, in palestra, agli appuntamenti con gli amici – con le ragazze no, non facevo tardi, non potevo, dicevo: ora! e senza pensarci piú correvo, correvo a piú non posso, qualche volta facevo un passo piú corto o un balzo lunghissimo, ma il piú delle volte no, correvo nelle pozzanghere come se non ci fossero pozzanghere, schizzavo acqua con forza e tenevo soltanto la bocca chiusa per non ingoiare qualche goccia piú alta; mi bagnavo, dio solo sa quanto mi bagnavo, ma correvo e ancora correvo e arrivavo in tempo, zuppo, fradicio; sempre mi dicevano: ma come sei bagnato; e a volte mi tenevano alla larga per un po', almeno fino a quando non mi fossi asciugato; altre volte mi scompigliavano i capelli con premura per liberarli da fiumi di gocce impazzite, poi lasciavano che mettessi la testa sul petto, nel tepore dei maglioni di lana, intanto che aspettavamo che i denti la smettessero di battere. Aspettavamo in silenzio, perché era sempre curioso ascoltare il rumore di denti che battono.

Correvamo, io e pochi altri. Ma gli altri, per tratti piú brevi.

Io correvo piú di tutti, e mi guardavano. Passavo di corsa sotto i ripari e si scansavano, io passavo e andavo, puntavo di nuovo verso la pioggia. Mi guardavano. Correvo, e superavo gli altri, quelli con l'ombrello e quelli che correvano, superavo tutti, li scansavo, li sfioravo: dietro di me, sentivo sguardi infastiditi. Avanzavano piano loro, le donne sotto ombrelli colorati, gli uomini sotto ombrelli neri ed eleganti. Passavo zigzagando, quasi urtando e poi evitando, e non c'erano visi o corpi ma era tutto sfocato dalla corsa, avevo appena il tempo di capire se c'era da fare un balzo o un passo corto. Passavo e sentivo una parola, un'imprecazione a volte, una risata, una frase di un dialogo concitato, guardavo appena un viso ma non riuscivo a fissarlo, e se qualche volta sentivo un saluto facevo prima a rispondere con un gesto della mano per non girarmi e rallentare la corsa, e intanto cercavo di dare un'identità a quella voce, e se non ci riuscivo non faceva niente. In tutti, quando passavo veloce e ansimante, sentivo un senso di fastidio, anzi lo sentivo prima, quando ancora non li avevo raggiunti e già si voltavano irritati al suono minaccioso dei passi veloci e pesanti – oppure si scansavano senza guardarmi, stringendosi al muro perché avevano paura che schizzassi acqua dalle pozzanghere. Vedevo ragazzi e ragazze, che mi sembrava di riconoscere, unirsi sotto un solo ombrello, chiudendo l'altro, e alcune che mi sembravano di quelle che mi piacevano tanto le vedevo infilarsi sotto gli ombrelli neri, e di sicuro scivolavano via allegre con la mano aggrappata a un braccio e il viso vicino all'altro per ripararsi di piú. Non ero sicuro, non ero mai sicuro che fossero loro perché non potevo fermarmi a guardare, dovevo proseguire oltre e rimaneva il dubbio, ma tanto lo sapevo che succedeva cosí, lo vedevo nei giorni di pioggia all'uscita di scuola. Mentre alcuni offrivano ad altri riparo con l'ombrello, io aspettavo sul limite del portone, aspettavo che spiovesse e intanto li guardavo: ridevano e infilavano il braccio sotto un braccio, o sopra le spalle e si allontanavano. Aspettavo che andassero via tutti. Aspettavo. E poi finiva che non ce la facevo piú a sprecare la mia vita fermo ad aspettare in posti riparati, mi guardavo intorno ed ero solo, ero l'unico che si era fermato mentre gli altri andavano e continuavano, e non ce la facevo davvero piú, non smetteva di piovere ma chi se ne fregava, stavolta dicevo ora!, e davvero andavo, stavolta correvo ancora piú forte, piú che potevo, sfioravo muri e compagni di scuola, sentivo le loro risa e rispondevo ai saluti con un gesto senza mai voltarmi, o urlavo, planavo in pozzanghere e me ne fregavo, schizzavo forte l'acqua e correvo piú forte ancora cosí nessuno poteva fare in tempo a protestare, non vedevo nessuno, nemmeno piú le ragazze che mi piacevano, strizzavo gli occhi e vedevo solo macchie e piú correvo e piú non vedevo niente, mi bagnavo e mi bagnavo, sentivo l'acqua penetrare i vestiti e poi la pelle e me ne fregavo, i calzini navigare nelle scarpe e me ne fregavo, tanto ormai ci ero abituato, era la mia vita quella, e non pensavo se l'avrei scambiata o l'avrei tenuta cosí com'era, tanto non potevo farci nulla, era la mia vita quando pioveva, la mia vita quando pioveva in quella città del Sud che vedevo mossa e sfocata perché correvo e perché strizzavo gli occhi, era la mia vita senza ombrello, e ormai non avrei saputo che farmene, e poi cosa c'era da pensare, in ogni caso ora bisognava correre, puntare verso il prossimo riparo e poi verso un altro ancora, e quando corri non è che puoi fare altro che correre.

Salivo veloce le scale. Entravo in casa, mi spogliavo in fretta e mi rivestivo con abiti asciutti. A casa potevo farlo. Mi stendevo sul letto e aspettavo di smettere di ansimare. La smettevo. E finalmente sentivo la rabbia, mi dicevo: la prossima volta. La prossima volta gliela farò vedere io. La prossima volta che piove – che poi era inutile fare propositi per la prossima volta. Succedeva che non pioveva per chissà quanto. E tra una volta e l'altra avevi il tempo di dimenticare i propositi, la rabbia, e cosa volevi fare la prossima volta. Avevi il tempo di dimenticare quanto ti eri bagnato.

Le estati del rancore

Come abbiamo fatto a restare amici cosí a lungo. Che poi non so se siamo stati amici per davvero, o meglio non so se due ragazzi che si vedono ogni estate in una piccola città di mare, e lí stanno insieme, sempre insieme per due mesi, e poi in inverno non si vedono e non si sentono, possono definirsi amici. Oh certo, non facevamo altro che definirci amici quando qualcuno ci chiedeva di noi, amici per la pelle, da sei anni, poi sette, otto, nove anni, poi «da quando eravamo piccoli cosí». Gli altri ci guardavano ammirati mentre ci ascoltavano ricordare gli anni e il tempo passato insieme, e provavano quel po' di impotenza che si ha di fronte a due ragazzi legati da chissà quale specialità determinata dal tempo, e si capisce subito che non si potrà mai diventare uno di loro, che il tempo per diventare uno di loro è passato, bisognava incontrarli prima, «quando si era piccoli cosí».

Ecco, quando parlavamo agli altri degli anni passati insieme, io sentivo che eravamo amici. Non lo sentivo mai quando eravamo noi due soli, perché eravamo diversi da come ci raccontavamo; eravamo diversi, vivevamo in due città diverse per il resto dell'anno, ognuno di noi aveva una vita sconosciuta e solida da qualche altra parte, e poi arrivavamo un giorno su quel lungomare e per due mesi eravamo lí, in una pausa che segnava la scansione tra un anno e l'altro. E forse anche per questo pensavo che non eravamo amici, perché questa non era la nostra vita, ma un'interruzione. Tutte le estati erano uguali, mentre ogni inverno portava qualcosa di nuovo.

Tu pensavi esattamente il contrario. Arrivavi il primo luglio, ogni anno, mai un giorno prima né piú tardi del primo pomeriggio, e sembrava che per te fosse finalmente finita la lunga pausa della stagione invernale: era arrivata l'estate, e bisognava approfittarne subito perché era il momento di vivere. Durava poco, ma tu sapevi consumare le ore a una a una, proprio come chi le ha attese a lungo.

Appena arrivato, percorrevi di corsa il lungomare, i due isolati che ci separavano, intanto che i tuoi genitori scaricavano i bagagli, e mi trovavi sul balcone che guardavo l'ultimo angolo possibile da dove saresti apparso, e poi scendevo giú di corsa. Questo, quando eravamo ancora bambini. Mi accorsi che avevamo smesso di esserlo, quando quell'anno il pomeriggio del primo luglio passò invano, ero inquieto, continuavo ad andare dalla mia stanza al balcone, ma quell'angolo in fondo alla strada era deserto. Non era mai successo. Era quasi sera ormai, e allora decisi di andare verso casa tua. Camminavo con fretta, avevo voglia di correre, ma non correvo perché intanto avevo paura, una paura terribile che tu non venissi quell'anno, non lo avevo mai considerato possibile e durante quel tragitto lo pensai per la prima volta, e cosa avrei fatto lí da solo, per due mesi interminabili.

Quando arrivai, capii.

Aiutavi tuo padre a portare su in casa le valigie piú grandi, e le tante altre cose che riempivano l'auto. Mi salutasti con un sorriso, ma avevi gli occhi gonfi, eri affaticato e insofferente, con ogni probabilità avevi litigato a lungo per non fare quel lavoro, ma avevi dovuto cedere alla severità di tuo padre. Avevi pianto perché ti stavano levando delle ore preziose ai due mesi di vita che ti spettavano da sempre.

Chiesi a tuo padre se potevo dare una mano, e c'incontrammo per le scale: tu scendevi saltando i gradini, con la testa bassa come ogni volta che eri arrabbiato, io salivo trascinandomi dietro il peso di un tavolino pieghevole. Ci avevano incastrati, l'impunità di quando eravamo bambini era finita all'improvviso.

Quando ci si incontra una volta all'anno, tutto sembra essere cambiato all'improvviso. Invece durante l'inverno ogni giorno un piccolo pezzo di pelle si trasforma. Impercettibile. E rivedendosi l'estate successiva, la metamorfosi è ormai avvenuta del tutto.

Non so se siamo stati amici. Ora di sicuro non lo siamo piú. Ogni tanto ci incontriamo sul lungomare e se siamo in compagnia di qualcuno, ci mettiamo a parlare del passato, sempre del passato. Sembra che non riusciamo a fare altro – e ci scaldiamo, e raccontiamo gli episodi migliori dei giorni migliori, ci guardano divertiti, e ci chiedono come è possibile che non ci vediamo piú. E noi rispondiamo che è vero, che una volta o l'altra dobbiamo ricominciare a stare insieme. Ce lo chiedono gli altri, noi no, abbiamo smesso di farlo pian piano, anzi no, abbiamo smesso di farlo all'improvviso, un'estate – come se fosse l'unica cosa da farsi, e quasi una liberazione. Non so se siamo stati amici, perché abbiamo passato tutti i nostri giorni insieme a competere, a litigare, a prenderci in giro. È vero che quando conoscevamo qualcuno gli raccontavamo di quanto eravamo amici, ma se continuavamo a vederlo lottavamo per diventare il migliore, per allearci con quello prima che lo facesse l'altro. Sono sicuro di averlo imparato da te, ma poi chissà che tu non pensi la stessa cosa. Succede; io so soltanto che quando eravamo piccoli, mi stupivo e soffrivo di come correvi a giocare con un bambino sconosciuto. Ti guardavo, e quasi subito piangevo e correvo da mia madre o dalla tua, sfidando la sabbia bollente, e la tua mi prendeva per mano e mi accompagnava lí dove eravate. Diceva con rabbia di far giocare anche me, tu non alzavi nemmeno gli occhi per guardarla, lei si allontanava e io restavo minuti eterni a guardarvi in silenzio, non mi rivolgevate la parola e mi sentivo umiliato, ce l'avevi con me ed erano mattine interminabili. Poi ho imparato a lottare, e qualche volta ho conquistato gli altri prima di te, e da quel momento la gara è diventata alla pari.

Ma era cosí faticoso.

Se ho un ricordo piú netto degli altri, in quelle estati, era la fatica di arrivare alla fine di ogni giornata senza litigare o soffrire per un torto, o portare a termine un qualsiasi gioco. Avevo voglia di dire a tutti che essere amico di un altro era una cosa estremamente faticosa, era un impegno continuo – a un certo punto avrei quasi consigliato di non diventarlo.

Poi ho scoperto qualcosa di diverso. E ho cominciato a capire meglio. È successo nella mia città. Ero al primo anno di liceo, e fino ad allora c'erano i compagni di scuola e gli amici del parco, ma nessuno in esclusiva. Poi da un certo giorno in poi, non so come, cominciai a vedere un ragazzo un po' piú grande di me. Veniva a prendermi a casa con un motorino alle cinque del pomeriggio, e andavamo insieme in un parco, dove incontravamo alcune ragazze. Davvero non so come sia successo che è venuto la prima volta, ricordo solo la sensazione che avevo, e cioè che fosse un fatto straordinario, che sarebbe successo quel giorno e poi mai piú. Lui era basso, un po' grosso e camminava in maniera strana, come quelli che non hanno mai fatto sport; era molto amato, aveva tanti amici – insomma, per me fu un evento quando disse: «vengo a prenderti oggi alle cinque». Poi però venne anche il giorno dopo e ancora l'altro. Stavamo molto tempo insieme; prima con queste ragazze e poi, quando dovevano tornare a casa, andavamo noi due in giro con il motorino; parlavamo e ridevamo, e a me sembrava ogni giorno di aver conquistato la possibilità che il pomeriggio seguente potesse tornare a prendermi, perché avevo una gran paura che non venisse piú. Poi man mano che il tempo passa ci si dimentica delle assurde gerarchie dei primi giorni, non c'è piú paura o cos'altro, diventa naturale sentire il suono del citofono e dire «scendo» e scendere le scale volando, tenendosi con il braccio teso e fermo alla ringhiera nelle curve, per farsi trascinare piú veloci, e montare sul motorino pronto a partire.

Ma fu nel primo periodo che accadde quella cosa. Una sera di un inverno freddo chiesi di guidare il motorino: andavamo da quelle ragazze. C'era traffico. Pioveva. Ci piaceva andare da quelle ragazze. C'era traffico, e io cominciai a zigzagare tra le auto cosí come avevo visto fare a lui. Ma io non ero bravo come lui con il motorino – con le ragazze e per tante altre cose. Uscii dalla mia corsia e non seppi rientrare in tempo, l'auto che arrivava di fronte rallentò e lampeggiò, tentò di frenare. Sarebbe stato facile per lui rientrare. Io invece non seppi farlo, persi il controllo e urlai di paura. Non fu un vero incidente: nel traffico non si fanno incidenti. Ma pur evitando di prendere in pieno l'auto di fronte, sterzai alla fine e lui che stava dietro la toccò con il ginocchio e poi cademmo sull'asfalto bagnato. La gente accorse per vedere se ci eravamo fatti male, io mi vergognavo, lui si alzò – zoppicava, ma rideva. Pensai che ridesse di me, pensai «ma che ho fatto»; e invece no, rideva per tutta quella gente intorno. A quella età, il motorino bisogna saperlo guidare, perché lo sanno guidare tutti. Mi vergognavo mentre tentavo di ripulirmi. Pensai a cosa sarebbe successo quando lo avesse raccontato alle ragazze. Mi avrebbero preso in giro, non lo avrei sopportato. Mi feci forza. Dissi una cosa che non avevo mai avuto il coraggio di dire: «Ora lo racconterai alle ragazze?» e lo dissi in un modo che faceva capire che proprio non volevo, e lo dissi quasi perché mi sembrava ormai di non avere piú nulla da perdere e allora potevo lasciarmi umiliare del tutto.

«Ma sei pazzo?, – rispose, – queste cose non le dobbiamo dire a nessuno. Noi non siamo mai caduti».

Fui felice, felicissimo. Non sapevo che qualcuno potesse proteggerti, che non avesse voglia di dire a tutto il mondo «sapete cosa è successo oggi?», e allora non potevi far altro che ascoltare il racconto facendo finta di stare al gioco, ma sentendoti male, cosí male che poi per qualche giorno ci sarebbe stato un malessere sordo che avrebbe impedito di godere fino in fondo di qualsiasi cosa.

Fin dall'estate successiva le cose cominciarono a cambiare.

Improvvisamente, eravamo nel mondo. Quando ti vidi, ero cambiato, e forse lo eri anche tu, anzi no, eri piú «tu» di prima, ti piaceva l'estate piú di prima e cercavi la competizione con frequenza quando c'era con noi qualche ragazza. Già, ora c'erano le ragazze nella nostra vita, e questo complicava le cose. Mi innervosivi, perché avevo conosciuto la complicità: e noi non l'avevamo mai avuta.

Poi succede sempre che quando scopri che non ti piace una cosa, che non ti piace piú come prima, cominci a notare altre cose che non ti piacciono, e non la smetti piú. Ma ero legato a te, e nonostante cominciassi a scoprire che eravamo molto diversi, eri il mio compagno di giochi di sempre, non avrei saputo vivere in quella piccola città di mare senza te.

Conoscemmo delle ragazze – eravamo molto bravi nel fermarle sul lungomare, eravamo in due e ci facevamo coraggio a vicenda, e poi era anche quella una competizione dalla quale nessuno dei due si sarebbe tirato indietro. Ce n'era una molto bella, come si sogna in quell'età in cui vuoi innamorarti a tutti i costi: aveva capelli rossi e lentiggini. Non poteva succedere altro davanti a una ragazza con i capelli rossi e le lentiggini: parlavo e scherzavo con tutti tranne che con lei, e poi la sera quando ci salutava dicendo che doveva tornare in albergo perché era ora di cena, sentivo che si portava via tutta la serata, tutto il resto del tempo, e io cosa avrei fatto fino al giorno dopo; restavo seduto sul muretto, triste e svuotato di ogni energia, non parlavo piú, aspettavo che finalmente si tornasse a casa, cosí il giorno dopo sarebbe arrivato presto. Tu eri diverso: le stavi sempre vicino, cercavi in ogni modo un contatto fisico per poi raccontarmi ogni parte che avevi sfiorato, mentre tornavamo a casa. E facevi tuffi acrobatici, mi sfidavi in gare di nuoto e cercavi di prendermi in giro.

Una volta restammo noi tre in spiaggia fino a tardi, e dopo il tramonto andammo a fare il bagno. Non c'era piú il sole a scaldare l'acqua, c'era vento e faceva freddo: avanzavamo un passo alla volta, con le braccia tenute alte, tremando, e lei diceva: «vi prego, non mi buttate l'acqua, ho freddo», e tu allora le buttavi l'acqua, e lei faceva finta di arrabbiarsi ma rideva. Poi ti tuffasti, «dài, tuffatevi anche voi che si sta bene dentro l'acqua». Noi aspettavamo, avevamo freddo e ci bagnavamo un centimetro alla volta. E tu allora dicesti quella cosa. Eri un po' piú lontano, c'era stato qualche secondo di silenzio, e tu dicesti quella cosa.

«Venite qua, che l'acqua è piú calda. Venite a sentire com'è calda».

Non sapevo ancora che nella mia vita avrei sentito quella frase centinaia di volte andando a fare un bagno, non sapevo che forse un giorno in un momento di allegria l'avrei pronunciata anch'io, e non ricordo nemmeno se l'ho mai fatto, in ogni caso l'ho sentita cosí tante volte che mi sembra di averla detta. Ma quella era la prima volta. Volevi dire che avevi appena fatto una lunga pipí che aveva riscaldato l'acqua, attorno a te. Avevo voglia di morire, mi sembrò orribile. Mi girai di scatto verso di lei: ci mise un po' di tempo, poi cominciò a ridere, e non la smetteva piú. Evidentemente anche lei la sentiva per la prima volta, e non poteva smettere di ridere.

Mi sembrò orribile. Ancora oggi, se penso a quel momento, riprovo gli stessi brividi di vergogna che provai allora.

Era pudore, o cos'altro non sapevo. Ma ti odiai, e odiai lei. Non provai gelosia, questo no, anche perché lei non si innamorò né di me né di te, forse era troppo bella per noi, ma non è questo. È che eri diverso. E quella volta piú di ogni altra precedente.

Eppure, quando eravamo bambini, avevamo le stesse paure. Le nostre mamme ci dicevano sempre che non dovevamo fare la pipí in mare, che era una cosa brutta, e noi non la facevamo, o la facevamo e non lo dicevamo – a nessuno; nemmeno tra noi. Ecco, io non so, non l'ho mai saputo se tu la facevi. Io, qualche volta sí. Ma quando proprio non potevo farne a meno. Poi ci raccontarono una storia, e smisi per sempre di farla. Ce la raccontò un bambino piú grande di noi, quell'anno che ci portavano spesso alla piscina dell'albergo; ci disse che in piscina c'era una sostanza particolare che se facevi pipí, l'acqua intorno diventava rossa, e tutti si sarebbero accorti di quel che avevi fatto. Disse che avevano inventato quella sostanza per una questione di igiene, perché la piscina ha bisogno di pulizia.

Avemmo paura.

Ogni volta che mi tuffavo in acqua, non potevo smettere di

pensare a questa macchia rossa tutt'intorno, e alla gente che mi indicava. Guardavo gli altri con sospetto, e poi avevo paura che questa macchia rossa comparisse impunemente, per un movimento sbagliato o cos'altro – ed era la stessa paura di quando esco dai grandi magazzini, e ho pagato tutto o addirittura non ho comprato nulla, eppure ho un attimo di vuoto allo stomaco quando attraverso il sensore, penso che suoni l'allarme e io non ho nulla e proprio per questo la ricerca dei commessi sarà piú lunga e penosa.

Anche tu avevi paura, lo ricordo bene. Scommetto che anche tu smettesti di fare la pipí in acqua.

Non vidi mai la macchia rossa, ma ci credevo e come che esistesse, e non la vedevo semplicemente perché la gente si guardava bene dal provocarla. Smisi di fare la pipí anche in mare, per un eccesso di prudenza.

E dopo tutto questo, un giorno dopo il tramonto ho la ragazzina con i capelli rossi e con le lentiggini al mio fianco, e tu dici «venite a sentire qui l'acqua come è calda». Pensai che tra l'estate precedente e questa avevamo vissuto due vite diverse, come ogni estate, e a ogni nuovo incontro ci eravamo allontanati un po' di piú. Non smisi subito di stare con te, passarono ancora molte estati durante le quali riuscivo anche a divertirmi, ma sentivo di non avere piú niente in comune con te.

Poi, naturalmente, diventammo estranei prima di diventare ostili.

Ora è tutto molto diverso. Quando viene l'estate, non mi diverto piú. Divento impaziente perché il sole scompare tardi, e mi sembra troppo tardi, e se pure diventa rosso mentre scende verso la collina dove termina il lungomare, penso: doveva succedere prima, e non mi piace. Non mi piace piú nulla dell'estate, e i ricordi sono sfocati, tutto ciò che ha a che fare con questa piccola città di mare mi sembra che lo abbia vissuto un altro, anche quando scopro che so raccontarli cosí bene quegli episodi. Divento capriccioso, ora. Mi annoio. E penso a te quando guardo le mani sinistre giocare contro il vento caldo, mentre le mani destre conducono le auto sul lungomare. Lo facevi anche tu, le prime volte che giravamo in auto, forse per imitare i gesti che avevi visto fare ad altri conducenti. Aspetto che le mani sinistre si chiudano a coppa per contenere tutta l'aria possibile: e lo fanno, lo fanno tutte le mani sinistre, ogni estate che vedo scorrere con gli anni.

Ma ho smesso di guardarle, le estati. Da un certo punto in poi, da quando in silenzio abbiamo smesso di andare l'uno verso casa dell'altro, da quando abbiamo smesso di arrivare con i genitori ma abbiamo cominciato ad arrivare e a ripartire con le nostre auto, e senza piú l'esattezza dei giorni stabiliti, ho smesso di guardare le estati. Come una liberazione, ho smesso di tentare di divertirmi, di provare piacere nelle scorribande notturne perché tu provavi piacere e gli altri lo stesso, e io volevo essere come voi. Le estati sono calde e meno calde, ma voi dicevate sempre che sudavate, che bisognava fare una doccia, andare al mare, che un caldo come quello di oggi non l'avevate mai sentito. Eppure sono tutte cosí uguali queste estati con le docce, il sudore, le mani sinistre e quelle destre; viene voglia di fare meno scale, le strade si allungano come se il sole le stirasse, e sono lunghe per tutto il giorno troppo lungo perché il sole scompare tardi, e anche se diventa molto rosso io non lo guardo piú, mi sono già distratto – sono appena andato via dall'appuntamento mancato. Le braccia nude, a volte le gambe nude, senza protezione. Senza maglioni larghi e profumati dentro i quali possono trovare buon rifugio le mani sinistre e le destre, quando il freddo punge le nocche. E invece in estate non ci si può rifugiare se non in piccole zone d'ombra dietro gli angoli di muro, che poi si restringono, si restringono fino a diventare una striscia sottile, inservibile.

Anche in casa non c'è riparo: le finestre aperte, le porte spalancate, tutto si apre su tutto, ma non c'è nulla da fare: un caldo come quello di oggi non l'ho mai sentito.

Ormai non vado spesso nella piccola città di mare, qualche fine settimana o in periodi molto brevi, perché dopo ho voglia di scappare. Alcune mattine, non tutte, decido di andare in spiaggia. Cammino lentamente su quel tratto di lungomare dove sono stampati i ricordi, e provo piacere a ripensarli. Poi arrivo in spiaggia, siedo al riparo del solito ombrellone, e al riparo dal sole guardo il mare.

Il fatto è che il mare non fa rumore, d'estate. Non si lancia in tuffo verso la spiaggia, non si rompe con fragore sopra gli scogli. Non mi piace quando il mare non fa rumore; quando non è dispettoso, non lotta contro il vento, quando ha un colore sereno, e si specchia nel sole. Quando accoglie bambini scalmanati con braccia sinistre e destre gonfiate dalla gomma, e le madri aspettano sul bagnasciuga, e urlano, e tengono aperti asciugamani con disegni colorati. Troppi bambini, troppe madri. E poi un caldo cosí non l'ho mai sentito. Eppure sono ingrato, perché il sapore delle pizzette o delle ciambelle calde con lo zucchero, a metà mattinata, dopo un bagno tanto lungo da segnare la pelle con rughe spugnose, e i brividi e i denti che battono per il freddo, quel sapore non lo dimentico piú. Mangiavamo insieme senza riuscire a stare fermi, ridevamo, e le gocce d'acqua dai capelli cadevano sulla pizzetta. In qualche momento, a quel tempo, ero felice su questa spiaggia, e correvo e giocavo e aspettavo il permesso per il prossimo bagno.

Ora i piedi si trascinano stanchi, e calzano ciabatte o zoccoli rumorosi, consumati sul tallone, e poi le piante dei piedi sono con ogni probabilità nere, e lo sporco si insinua tra le dita. Quando immergi il piede sinistro e poi il destro nell'acqua tiepida di casa, la vedi diventare subito torbida, e hai fretta di toglierlo da lí dentro. È meglio fare una doccia – bisogna fare una doccia.

Lí, nel mare, spesso ci sei tu. Appena dentro, con l'acqua che ti arriva al ginocchio, giochi a pallavolo con un gruppo di amici e molte ragazze, e fai tuffi spettacolari per prendere la palla, e schizzi acqua con tutte le forze; il vento porta voci, risate e grida qualche volta, altre volte le trattiene e sembra di essere diventati sordi. So che ci sei sempre, so che continui a passare su questa spiaggia gran parte della tua estate e il lungomare sarà invaso da un'altra serie di ricordi che non conosco piú; quando fai il gesto di levare gli occhiali da sole e quando il vento porta la tua risata verso il mio ombrellone, ho la conferma che continui a essere felice, che il tuo mondo è in questi due mesi, è in questa piccola città di mare. All'inizio, con imbarazzo, venivi a chiedermi di stare con voi – non me lo chiedevi direttamente, avremmo avuto pudore di chiedere e rispondere, ma lo dicevi in modo passabile, scherzando o prendendo il discorso alla larga. Io dicevo no, anzi non dicevo no, cercavo scuse plausibili. Alla fine, ti allontanavi, e a me sembrava che un attimo dopo sarebbe venuta tua madre a prendermi la mano e a portarmi tra voi, e all'inizio non mi avreste passato la palla, tu con la testa bassa, poi una volta e poi un'altra me l'avreste passata finalmente, e avrei cominciato a giocare, e poi a tuffarmi come te, e poi mi avresti preso in giro per un tuffo goffo o cos'altro, e le risate dei tuoi amici avrebbero fatto il resto. Non avrei potuto.

Sembra che sia questo il momento di divertirsi e di vivere, sembra che l'anno abbia un prima, un durante e un dopo. E questo è il «durante» – bisogna approfittarne. A me non piace essere troppo allegro, e nemmeno troppo triste. A me non piace sapere che è questo il momento di fare qualcosa, che ci sono dei mesi irrinunciabilmente dediti alla vita, e sono i mesi d'estate. Essere allegri tutte le sere fino a notte inoltrata, è faticoso. E poi tornare a casa tardi, spogliarsi di poco e non rivestirsi, girare e rigirare il corpo sul letto caldo, e guardare le stelle fuori, perché è tutto aperto e sembra di dormire per strada – e sembra una cosa bella, ma non lo è perché non si riesce a dormire, si suda, bisogna fare una doccia, hai visto che caldo ha fatto stanotte? Non ho chiuso occhio. Un caldo cosí. Nel letto stai un po' dalla parte sinistra, e quando diventa calda, passi dalla parte destra, e senti un po' di quel fresco sulle guance e sulle anche. Poi di nuovo caldo. Puoi girare il cuscino, e poi farlo ancora una volta, ma se non fai presto ad addormentarti succede che acceleri le soluzioni, passi da una parte all'altra del letto, giri il cuscino sopra e sotto, e finisci per scaldare tutto e non ci sono piú angoli freschi. Ti agiti tanto, ed è peggio. Un caldo come quello di stanotte non l'hai mai sentito.

Quando cammino sul lungomare sento l'odore di quei giorni lontani, poi mi affretto verso casa, e poi a casa preparo la valigia perché ho voglia di tornare in città. Il lungomare mi piace al ritorno dalla spiaggia: i mari e le spiagge sono tutti cosí uguali, e quando stai sulla spiaggia, puoi stare in qualsiasi parte del mondo. A me non piace stare in qualsiasi parte del mondo. È come stare fuori dal mondo, fuori dai confini della terra. Andare in mare significa uscire dai confini della terraferma, è come quando l'aereo decolla e si allontana rapidamente dal suolo, mi fa paura. A me piace stare sulla terra, nei posti, sapere dove sono: in città, in campagna, nelle strade. Per me il mondo è quello disegnato dall'atlante o dal Risiko. E mi piace sapere che sto in mezzo alla terra, e non ai confini come sulla spiaggia. Quando sto sulla spiaggia, voglio rientrare dai confini, voglio rientrare nel mondo. E quando metto piede sul lungomare, respiro, e vedo le case, e le auto passare veloci.

Quando arriva l'inverno, smetto di pensare a tutto questo, non mi ricordo piú dell'estate, e non m'importa se siamo stati amici per davvero. Smetti di esistere, è sempre stato cosí in inverno, anche quando pensavamo di essere amici. Infilo il pigiama pesante, la sera, e poi scivolo sotto lenzuola gelide: bisogna stare fermi, sfregare soltanto i piedi uno contro l'altro e tenere le mani tra le cosce. Aspettare, in silenzio, mentre i brividi attraversano il corpo con scansioni ogni volta meno frequenti. Aspetta, aspetta. Ecco, ora è caldo. Basta non muoversi. Ho voglia di dormire, penso a tante cose della mia vita di città, di te e dell'estate non mi ricordo proprio piú. Pian piano mi avvicino al sonno, con addosso gli ultimi brividi.

Certo, che un freddo come quello di stanotte io non l'ho mai sentito.

Il lavoro che avrebbe voluto fare

Gli dicevano sempre che era uno sfaticato. Sei uno sfaticato, sei proprio uno sfaticato. La madre, specialmente: lo vedi che sei uno sfaticato?

Litigavano tutti i giorni all'ora del pranzo. Perché gli chiedeva di apparecchiare la tavola. È ora di apparecchiare, gli diceva. E quando glielo diceva lui stava già facendo un'altra cosa, una cosa importante, era impegnato, non poteva darle retta. Non poteva apparecchiare. Lei si arrabbiava. Lo vedi che ho ragione, che sei uno sfaticato?

Questo. Tutti i giorni all'ora del pranzo.

Allora la madre lo chiedeva a un altro dei figli. Anche se era compito di quello sfaticato.

Ma lui ora non ce la faceva piú, questa era la verità. Lo aveva fatto per lungo tempo, secondo i patti. Aveva apparecchiato la tavola tutti i giorni, con la cura e i criteri che gli aveva insegnato lei. Toglieva il vaso e il centrotavola, e poi gli altri oggetti che stavano sulla tavola, e li metteva sul ripiano del mobile. Dal primo cassetto dello stesso mobile prendeva la tovaglia, e con un gesto ampio e ogni volta piú sicuro e veloce la faceva volare, fino a quando si posava morbidamente sul ripiano. Poi la aggiustava negli angoli per ottenere la stessa lunghezza su ogni lato. Con le mani premeva forte sulle pieghe, cercando di stirarle il piú possibile. Poi metteva i piatti: il piatto piano, e sopra il piatto fondo. Il bicchiere dell'acqua vicino al piatto verso il centro della tavola e il bicchiere del vino, piú piccolo, alla destra dell'altro – ma solo per i genitori: per sé e per i fratelli metteva soltanto il bicchiere piú grande. Le due forchette – o una forchetta e un cucchiaio, se era giorno di minestra – alla sinistra del piatto. Il coltello alla destra, sopra il tovagliolo piegato con cura a forma di triangolo. Quindi tagliava il pane, a fette sottili come piaceva a tutti, e lo aggiustava in un cestino di vimini ricoperto da un tovagliolo di carta. Posava il cestino al centro della tavola, e vicino metteva la bottiglia dell'acqua e la bottiglia del vino. Infine, in un angolo vuoto, metteva un aggeggio di vetro con olio, aceto, sale e pepe. Ogni movimento era ordinato ed elegante, anche quando era diventato meccanico per l'abitudine. L'eleganza era dettata da una logica. Ed era pure bella la tavola apparecchiata a quel modo. Però.

Però, quando aveva finito, la madre urlava: «a tavolaaa!» e lui si vedeva assalito dal padre, dai fratelli che rumorosamente spostavano le sedie, spiegavano i tovaglioli facendo saltare il coltello – ogni volta, ogni volta, mai nessuno che toglieva il coltello prima di prendere il tovagliolo, mai, lo tiravano da sotto e il coltello saltava, e spesso cadeva a terra; riempivano i bicchieri fino all'orlo, facendo cadere chiazze d'acqua o piccole gocce di vino rosso, e non rimettevano le bottiglie nel posto dove si era già formato il cerchio segnato dal fondo, mai, mai, ogni volta facevano cerchi nuovi; con i gomiti, poi, increspavano la tovaglia, e per il fastidio la tiravano chi da una parte chi dall'altra. E pure la madre ci si metteva: portava la pentola a tavola, in quella posizione che non era mai cambiata, piegata in avanti e con passo corto e veloce, urlando di spostare quel piatto, il cestino del pane, la bottiglia del vino; fate spazio, fate presto che scotta; e la pentola scottava per davvero, fumava e si vedeva, bisognava far presto, sembrava ogni volta che fosse sul punto di cedere e lasciarla cadere a terra. E ce la facevano sempre per un soffio a farle spazio, a giudicare dal modo in cui lei lasciava cadere la pentola sulla tavola, soffiando con forza sulle mani e trattenendo imprecazioni.

Venti secondi dopo averlo terminato, il suo lavoro era sparito, e nessuno ne teneva conto. Perché era proprio cosí che doveva andare. E il giorno dopo avrebbe dovuto ricominciare da capo. Con cura ed eleganza.

Cosí, un giorno, poco prima dell'ora in cui la madre lo avrebbe chiamato ad apparecchiare la tavola, si mise a fare un'altra cosa. E quando la madre lo chiamò rispose che era impegnato e non poteva apparecchiare. Da quel giorno, fece cosí tutti i giorni. Lo vedi che ho ragione, urlava la madre, lo vedi che sei uno sfaticato? Ma del resto glielo aveva sempre detto, fin da piccolo, e sapeva che avrebbe continuato a dirlo. Quindi, non è che ci facesse piú caso.

Poi, un pomeriggio che gli era sembrato un pomeriggio qualsiasi, scoprí di non essere uno sfaticato.

Accadde una cosa piccola, in un corridoio stretto di un ospedale appena rimesso a nuovo. Non importa quale ospedale, in quale strada della città. Non importa se era andato a trovare un amico che aveva fatto un incidente o un parente appena operato. Non importa. Era un corridoio bianco, appena riverniciato, con quell'odore che prende allo stomaco, con porte tutte da un lato, e finestre dall'altro. L'odore di vernice dava al corridoio un aspetto piú candido, se non fosse stato per minuscole macchie bianche malcontenute, che chiazzavano i bordi delle porte grigie. E se non fosse stato per un cavo elettrico penzolante. Quei cavi che rimangono fuori dalle combinazioni senza un motivo apparente. Le porte macchiate non importano. Il cavo, sí. Quello importa. Perché appena entravi nel corridoio, da una parte o dall'altra, o se uscivi da una qualsiasi delle porte grigie, lo vedevi. Non potevi fare a meno di farci caso. Penzolava, ed era l'unica cosa fuori posto in quel corridoio; sí, anche le macchie di vernice bianca sulle porte grigie, ma erano piccole e dovevi cercarle, insomma potevi non farci caso. Al cavo penzolante, ci facevi caso. E tutti quelli che lo vedevano, i parenti o gli amici dei ricoverati, i ricoverati stessi che in barella e con la flebo o la maschera d'ossigeno andavano in sala operatoria o nel reparto di radiologia – anche loro lo vedevano, e anzi loro di piú perché spinti su una barella, per forza di cose guardavano in alto – tutti, proprio tutti pensavano, anche solo per un attimo pensavano «bisognerebbe mettere a posto quel cavo». Il primario si fermava a fare il punto della situazione nel bel mezzo del corridoio, con medici e infermieri che lo accerchiavano, e diceva: «e poi trovate qualcuno che metta a posto quel cavo». Gli infermieri lo riferivano all'inserviente di reparto, che però ci aveva già pensato, e ogni volta che attraversava il corridoio diceva tra sé e sé: «non devo dimenticare di mettere a posto quel cavo». Poi si sa, il tempo passa; e le giornate passavano, l'inserviente di reparto se lo scordava; lo ricordava soltanto ogni volta che lo vedeva, ma una volta non aveva la scala a portata di mano, un'altra aveva da fare, un'altra ancora era cosí nervoso che figurati se poteva mettersi a pensare a un cavo elettrico; e rimandava. Perché se pure dava nell'occhio quel cavo penzolante nel corridoio appena riverniciato, non era poi una cosa importante, o impellente. Si poteva lasciar perdere, insomma. Del resto anche il primario, che pure era un tipo che si arrabbiava facilmente, ripassando in quel corridoio non alterava la voce quando diceva quasi per abitudine: «vi ho detto di far mettere a posto quel cavo». Gli infermieri lo riferivano di nuovo all'inserviente di reparto, ma quando lo incontravano nel corridoio. Altrimenti lasciavano perdere.

Appena fuori dal corridoio, vide una signora con un camice azzurro che puliva i vetri di una finestra. Accanto, teneva una scala. La scala serviva per pulire i vetri piú in alto. Chiese la scala alla signora. Gliela riporto subito, disse. La aprí sotto il cavo penzolante. Salí. All'inizio con cautela, poi, quando vide che la scala teneva, con decisione. Prese il cavo. Non se la sentiva di sradicarlo, aveva paura che potesse succedere qualcosa. Allora lo infilò nello spazio del passante che teneva gli altri fili lungo il muro. Cosí. Forzò un po'. Tirò. Il cavo non penzolava piú. Scese e riportò la scala alla signora. Grazie, disse.

Ora non è che pensava che fosse una cosa definitiva – lo era abbastanza, voleva dire, non del tutto –, del resto lo sapeva che non ce n'erano di cose del tutto definitive. Però.

Però sarebbe durato, ecco. Forse fino alla prossima rimozione dei cavi, forse fino alla prossima riverniciatura del corridoio. Dell'ospedale, anzi. Probabilmente. Quel piccolo lavoro – questione di un attimo: era salito sulla scala, aveva infilato il cavo nel passante e aveva tirato – sarebbe durato anni. Anni in cui nessuno sguardo in quel corridoio sarebbe stato infastidito da un cavo penzolante. Anni. Gli sembrava di aver fatto una buona cosa. Gli sembrava di non essere uno sfaticato, e non gli importava se non lo era piú o se non lo era mai stato. Durante il resto della giornata sentí sempre sotto il palato un sapore buono, che ogni tanto scendeva in gola, e poi la gola si liberava di intoppi e accoglieva aria. Sentiva aria quel giorno. E poi anche nella mente c'era qualcosa di nuovo: se si distraeva, attratto dai gesti quotidiani, la mente lo richiamava come se ci fosse bisogno di ricordare, e lui si fermava a cercare cosa doveva ricordare. E allora gli veniva: il cavo. Il fatto del cavo. Quello. E subito dopo sentiva quel sapore buono sotto il palato. Quella notte dormí bene. Proprio bene.

Il giorno dopo, quando si svegliò, decise che era quello il genere di lavoro che avrebbe voluto fare. No, non mettere a posto cavi penzolanti, non solo quello almeno: si sarebbe prodigato per mettere a posto delle cose definitivamente, e se non definitivamente, almeno per un po' di tempo – per un bel po' di tempo, tanto che non fosse possibile quantificare. Cosí. Se gli avessero detto: quel cavo va tirato su per tre anni, o anche per cinque, probabilmente avrebbe lasciato perdere. Non poteva sopportare di sapere che un certo giorno di cinque anni dopo, un giorno anche lontano ma preciso, il suo lavoro sarebbe stato invalidato. Non gli stava bene. Non lo doveva sapere per quanto tempo durasse quel lavoro, perché se non lo avesse saputo, avrebbe potuto pensare credere sperare che durasse per sempre. E se non per sempre, per chissà quanti anni. Questo doveva pensare per fare un lavoro del genere.

La tavola, l'apparecchiasse un altro. La spesa al supermercato, andasse a farla un altro. E la madre pensasse pure che era uno sfaticato. Ma non l'avrebbe convinto a girare per i corridoi di un supermercato per comprare, comprare e comprare, riempire buste e buste di roba che dopo qualche giorno andava ricomprata perché era stata consumata. Tutta. Questo no.

Non avrebbe mai spazzato via la polvere, né avrebbe pagato le bollette del gas o del telefono – non sopportava le scadenze mensili, gli affitti, le rate. Nemmeno le lampadine fulminate cambiava, sebbene durassero tanto, perché sapeva che le nuove si sarebbero fulminate ancora, un giorno o l'altro. Era troppo sicuro che accadesse. E non voleva essere cosí sicuro.

Lo attraevano i traslochi, invece. Ecco, quelli sí. Si offriva per dare una mano, ogni volta che veniva a sapere che c'era da fare un trasloco. Parenti, amici, amici degli amici, e dopo un po' anche gente estranea. Fino a quando non gli riuscí di lavorare con una ditta «Trasporti e traslochi». Non fu assunto, ma se c'era bisogno lo chiamavano. Gli piaceva quel lavoro. Sí. Però.

Però dava la sua disponibilità soltanto dopo essersi assicurato che la famiglia in questione si trasferiva in una casa di proprietà. Allora si impegnava con entusiasmo, perché non poteva fare a meno di immaginare che gran parte di quei mobili, forse non tutti, ma una gran parte sí, sarebbero stati collocati su lati e angoli di stanze di quella casa e lí sarebbero rimasti per anni, per decenni, ed è possibile pure: per generazioni. Cosí immaginava. In ogni caso, per un tempo lungo e indeterminato. Non poteva mancare di partecipare a un evento del genere, e lo sfaticato faticava, e come, faticava fino a sentire dolori sulla superficie di ogni muscolo, fino a sentire per davvero quella debolezza di cui aveva sentito parlare tante volte, ma che non aveva mai provato perché si sente soltanto quando si lavora duro, oltre lo stremo delle forze, trasportando uno dietro l'altro pesi insostenibili. Alla sera si accasciava sul letto, e un attimo prima di addormentarsi pensava, pensava e sentiva quel sapore sotto il palato, ma doveva far presto a pensare e a sentire perché il sonno lo catturava in fretta, e pensava a quella casa arredata cosí, per anni, decenni, forse per semp... e si addormentava di un sonno profondo, ritmato, lungo e felice, felicissimo, cosí pieno da essere vuoto, e se la madre non avesse avuto pregiudizi si sarebbe commossa a vederlo dormire cosí – quasi non si sarebbe voluto svegliare piú, tanto quel sonno era profondo e felice, tanta era la soddisfazione della giornata che lo aveva preceduto, che sembrava impossibile poter trovare al risveglio altri giorni cosí, no, quasi veniva voglia di non svegliarsi piú, di dormire per sempre quel sonno pieno, morire forse, anche morire andava bene, se poco prima aveva compiuto azioni cosí, come dire, cosí definitive.

Restava ore, ogni giorno, a guardare i muratori alzare impalcature, e gli sembrava un lavoro talmente straordinario che non ebbe mai il coraggio di chiedere se poteva dare una mano; allora metteva in ordine biblioteche, appendeva quadri alle pareti, riparava oggetti, restaurava mobili, montava le tende e gli infissi, faceva impianti luci, aiutava i nonni a piantare gli alberi nella casa di campagna anche se non voleva saperne della semina e della raccolta nei campi, e quando gli dicevano che anche quello era importante rispondeva che lo sapeva, certo che lo sapeva, non c'era bisogno che gli spiegassero quanto fosse importante fare la spesa al supermercato o apparecchiare la tavola decentemente, soltanto che non era quel genere di lavoro che voleva fare lui. Ecco. Soltanto questo. Del resto, non comprava nemmeno l'albero di Natale, spiegava, perché bisogna ornarlo di palle colorate e luci, tenerlo lí per venti giorni e poi smontare tutto, rifarlo l'anno successivo e l'altro ancora, e cosí tutti gli anni, ogni volta, per venti giorni, un mese al massimo. Poi basta.

Aveva voglia di occuparsi di altre cose. Progettava continuamente di fondare un'impresa che facesse lavori che durano per sempre, o molto a lungo – e non si sa quanto. Cosí, senza specificare altro. Le persone che gli stavano intorno finirono per comprendere, e quando c'era da fare un lavoro che poteva fargli piacere, lo chiamavano senza esitazione, perché sapevano pure che lo avrebbe fatto bene. Prima però, discutevano a lungo se era il genere di lavoro che avrebbe voluto fare. Per tutti era diventato divertente appassionarsi a discussioni che riguardavano la differenza tra lavori definitivi e temporanei.

In seguito, si costruí una casa. Prese moglie. Mise al mondo dei figli. E sua moglie, che gli voleva bene, non gli chiedeva mai di apparecchiare la tavola o di andare a fare la spesa. Era un buon marito, sapeva fare tanti lavori e le voleva bene. Si sentiva sicura con lui, perché sentiva che non l'avrebbe mai abbandonata. Questo le bastava. E poi certe cose poteva farle lei.

La settimana scorreva serena, e alla fine poteva contare di aver fatto un buon numero di lavori definitivi. Da quel giorno lontano in ospedale, dormiva bene la notte. Proprio bene. Quando arrivava la domenica mattina si svegliava un po' piú tardi del solito, e si dedicava a rendere la casa ancora piú funzionale e accogliente. All'ora del pranzo, arrivavano i genitori, come ogni giorno festivo. La madre con fatica si sedeva sulla poltrona e guardava la moglie del figlio apparecchiare la tavola, mentre lui era chissà dove. Pensava: è uno sfaticato, l'ho sempre detto io che è uno sfaticato, e non cambierà mai. Osservava i nipoti con diffidenza, era sicura che fossero dei maleducati. Poi sentiva la nuora urlare dalla cucina: «a tavolaaa!», e allora si alzava dalla poltrona per fare spazio sulla tavola. Dalla cucina, come prevedeva, arrivava la donna con passi corti e veloci, piegata in avanti per il peso della pentola, che scottava, e come se scottava, e bisognava far presto a spostare il cestino del pane, la bottiglia del vino. E ce la faceva la nuora, ce la faceva come ce l'aveva sempre fatta anche lei: lasciava cadere la pentola sulla tavola, e si soffiava le dita, e chissà contro chi imprecava dentro di sé. E intanto quello sfaticato chissà dove si era andato a cacciare.

Per terre assai lontane

Il giorno è l'undici luglio del quarantasette. Mino chiede alla madre di fargli una colazione in piú perché il signor De Lucia vuole fare l'inventario e finiranno tardi. Il signor De Lucia vende i bottoni e altre fesserie; Mino fa l'aiutante.

La madre fa il conto di quanto pane ha, ma poi ne taglia un altro pezzo e vede che cosa ci deve mettere dentro. Mino dice che si deve lavare la faccia un'altra volta e non è vero: va a cercare sotto il letto del fratello. Trova. Sente sotto le dita monete e soldi di carta. Il mento è affondato nel materasso e gli occhi sono rivolti verso la porta. Allarga la mano piú che può e acchiappa tutte le monete che ci sono – i soldi di carta no, che poi se quello torna e se ne accorge. Saluta. Esce.

Scende giú e a ogni rampa salta gli ultimi tre scalini. Fa sempre cosí. Davanti alla porta della signora Graziosi c'è la bottiglia di latte: vuota. Lo sapeva. La prende. Va alla fontana. La sciacqua. La riempie fino all'orlo, ma non ha il tappo. Allora ne beve un po', poi guarda se l'ha svuotata abbastanza per non farla versare mentre cammina. L'ha svuotata abbastanza. Va. Secondo lui mo sono proprio le otto e mezza e dovrebbe già stare all'appuntamento – però se allunga il passo non ci mette piú di cinque minuti ad arrivare a piazza del Duomo. Ha appuntamento con Antonio, il Biondo e Capece.

Antonio è l'amico suo, ed è con lui che da un sacco di tempo sta pensando di fare questa cosa.

Il Biondo lo chiamano cosí perché durante la guerra ha avuto una malattia nervosa e ha perso tutti i capelli – e non c'entra se prima li aveva biondi o neri: non lo conoscevano nemmeno prima, e nessuno glielo chiede; lo chiamano Biondo per sfotterlo e lui non si arrabbia, o non si arrabbia piú.

Capece è il figlio del sarto e lavora col padre non si sa piú da quanti anni. Quando gli chiedono come si chiama risponde: «Giovanni Capece Massimo», perché Massimo è il nome del padre. In questa storia non c'entra niente, e infatti Mino scommette qualsiasi cosa che ieri sera ha detto che veniva tanto per far vedere che pure lui. Ma non verrà.

Gira l'ultimo angolo della via dei Pescivendoli: seduto sui gradini del Duomo ci sta soltanto Capece. Proprio lui. Quando vede Mino si alza e da lontano gli fa segno per dire: è tardi, gli altri che fine hanno fatto?

E bravo Giovanni Capece Massimo. È il primo. Quando Mino si avvicina, gli strappa la bottiglia di mano e si attacca.

«Piano che ci serve» dice Mino. Capece senza smettere di bere gira gli occhi e alza la mano come per dire: aspetta. Poi finalmente si stacca. Mezza bottiglia è andata. Riprende fiato e dice: «ma che fine hanno fatto?» Ha gli occhi arrossati: un altro poco si affogava.

Antonio e Mino ne parlavano ormai tutti i giorni. Dicevano pure che per mettere un poco di soldi da parte avrebbero smesso di andare al casino. Il fatto è che ne parlavano seduti sulle panche della sala della signora Angelina, anzi di Ledi Angelina come si chiamava da quando erano arrivati gli americani; ne parlavano intanto che aspettavano che si liberasse Debora, la loro passione, perché era l'unica che li trattava bene, sorrideva e non andava di fretta. Le altre puttane ridevano buttando la testa indietro e si alzavano la gonna e si buttavano sulle panche a cavalcioni: sí, ma degli americani solamente; mentre a loro li guardavano male perché erano minorenni e non volevano passare un guaio dicevano, e invece soltanto perché loro tenevano i soldi contati e qualche volta pure qualcosa in meno. E se andavano in camera erano scontrose e non vedevano l'ora di finire. Probabilmente per questo Antonio e Mino avevano cominciato a parlare dell'America.

E ora che gli americani erano partiti quasi tutti, da Ledi Angelina erano rimaste poche femmine ancora piú scocciate e scontrose di prima, e l'aria che si respirava nel casino era sempre quella del primo pomeriggio, pure se era notte.

E allora una sera Antonio disse: «ma perché non ce ne andiamo in America pure noi?»

Stavano finendo ormai le grandi quantità di sigarette amare e di gomme americane che i soldati gli avevano regalato, intanto che gesticolando dicevano: «io tornare casa»: e tra un po' sarebbe toccato andarle a comprare.

«Io tornare casa», «ai go om». Casa uguale «om». Cosí stava scritto su un piccolo taccuino che Mino teneva in tasca per ricordarsi le parole che aveva sentito dagli americani. E ora altre parole non ne aggiungeva. Ne aveva segnate sempre piú raramente, e ormai erano mesi che non ne aggiungeva nessuna sotto l'ultima. Non era necessario alzare la testa, a lui bastava guardare il taccuino per capire che stava finendo tutto, e in paese sarebbero rimasti soltanto quei pochi soldati che avevano sposato le compaesane e adesso avrebbero vissuto lí tutta la vita, e tra un po' avrebbero cominciato anche loro a comprare sigarette da don Antonio all'angolo di via San Sebastiano.

Quelli lí, Antonio e Mino li disprezzavano. E pure il Biondo e Capece. Loro volevano seguire i soldati alti e sporchi, con quelle risate sguaiate, volevano andare a vedere l'America perché la nominavano sempre, e mentre la descrivevano, alti e forti com'erano, e specialmente quelli con la pelle nera che sembravano dei giganti, piangevano – e come se era strano vederli piangere.

Se ne erano andati: avevano lasciato quei mammalucchi che si erano fatti abbindolare dalla combriccola di Maria Cinone e le sue amiche; e poi avevano lasciato la musica: almeno quella. Mino e Antonio ballavano ogni sera e pure la domenica pomeriggio, come avevano imparato a ballare pochi giorni dopo lo sbarco degli alleati, e se c'era una festa con la bend americana che arrivava da Napoli – e andava bene pure una bend che faceva soltanto finta di essere americana – si presentavano alla festa direttamente dal lavoro, perché volevano stare lí a guardarli fin da quando quelli cacciavano gli strumenti. Poi aspettavano che suonassero le loro canzoni preferite: «in d mud», «munlait sereneid» e quell'altra che li faceva uscire pazzi perché a un certo punto la musica si fermava all'improvviso e tutti urlavano: PENNSILVENIA-SICS-FAIV-O-O-O! E poi la bend ricominciava a suonare, e loro ballavano, sudavano, guardando a terra per controllare i passi e pure per guardare le gambe delle compagne di turno, alle quali tenevano mani sui fianchi nei balli lenti cercando di sentire il calore e le forme sotto i vestiti leggeri coi fiori, e cercando di attirarle piú vicino piano piano, ma quelle a un certo punto dell'operazione puntavano un gomito nella spalla che non faceva andare piú avanti e faceva pure male.

Ora stanno sulla corriera. Tutti e quattro, seduti agli ultimi posti. Hanno detto all'autista: portaci dove sta il fiume. Non sanno come si chiama il paese, ma sanno che questa corriera ferma in un paese dove in mezzo ci passa il fiume. Il fiume si chiama Volturno. E il fiume va dritto nel mare. Almeno cosí sanno.

«Ma come facciamo a sapere da quale parte il fiume va verso il mare e da quale parte va verso la montagna?» chiede il Biondo.

«Dice che si vede dalla corrente, e poi chiediamo a qualcuno» risponde Antonio. Perché tutte le domande sono rivolte a lui.

Contano quante colazioni hanno: tante.

«Bastano per due o tre giorni» dice Antonio.

Però a furia di guardarle sentono un certo languorino. Mangiano con avidità. E senza acqua, perché l'unica bottiglia che hanno è finita subito. Poi, sentono un poco di disturbi allo stomaco, perché la corriera continua a saltare tra un fosso e l'altro, e a ogni curva bisogna tenersi al sedile. Resistono, e nessuno vomita.

Un soldato in particolare era stato amico di Mino e Antonio, e un poco pure del Biondo: si chiamava Giò. Però si scriveva

Joe. Veramente tutte le parole americane si scrivevano in modo diverso da come si dicevano, ma Mino non teneva da perdere tempo e sul taccuino le segnava cosí come le sentiva. E veramente non sapevano nemmeno se si chiamava Giò, perché tanto loro chiamavano tutti i soldati americani: Giò.

Giò regalava sigarette e si ubriacava al caffè di piazza Margherita intanto che raccontava tutta la sua vita a quei ragazzi che gli stavano sempre intorno, e la sua vita era piena di storie; cominciava con un misto tra napoletano, italiano e americano, gesticolando molto per farsi capire meglio, i ragazzi annuivano, però poi Giò si faceva prendere e abbandonava il napoletano e l'italiano, abbandonava i gesti e parlava in americano, sempre piú veloce, loro non capivano piú niente ma continuavano ad annuire e ridevano quando lui rideva e stavano zitti quando piangeva e cacciava dalla tasca sempre la stessa fotografia di una donna insieme a due bambini. Poi Giò stava zitto e guardava nel vuoto, loro si passavano la sigaretta senza avere il coraggio di guardarsi in faccia, perché avevano paura che gli scappasse da ridere senza motivo, come capita quando uno non sa che fare, e non stava bene nei confronti di Giò.

Il soldato teneva sempre una mappa in tasca; era la mappa di quella regione. Da un lato era verde e marrone e c'erano segnati tutti i paesi, dall'altro era tutto azzurro.

Era il mare.

Giò puntava il dito su un punto, e in quel punto c'era scritto il nome del paese, e poi tenendolo premuto sulla mappa cominciava a muoverlo verso il mare, e nel mare il dito si tuffava e continuava, la mappa finiva e il dito proseguiva sul tavolino del caffè. Poi Giò lo fermava e diceva: «Tomorrow damani Joe qui: casa».

Ormai lo sapevano bene: per andare in America bisognava attraversare il mare. E nessuno di loro c'era mai stato, al mare, eppure tutti dicevano che non stava tanto lontano dal paese.

«Tomorrow damani» diceva, e ruotava il dito come aveva imparato qui in Italia, e intanto era impossibile spingerlo ad alzarsi dalla sedia e trascinarlo via. Si appendeva alle loro spalle e pesava una bellezza. Lo tenevano cingendogli la vita, e il Biondo si metteva davanti e faceva strada e dirigeva dicendo «mantieni a Giò! Attenti che mo cade Giò! Chiano chiano...»

E poi una volta, quando ormai non ci credevano nemmeno piú che tiumorrou se ne sarebbe andato, Giò veramente non venne piú al caffè. Aveva lasciato al cameriere la sua mappa, dicendogli di regalarla ad Antonio e Mino.

Antonio l'aprí e indicò il mare: «Giò ci ha voluto dire che dobbiamo andare anche noi in America, lo hai capito o no?»

Mino non aveva risposto, però in qualche modo doveva aver detto di avere capito perché Antonio trascinava il dito nel mare e diceva «noi, noi»: «noi dobbiamo andare al fiume, perché il fiume va a finire nel mare, e dal mare andiamo in America. Non ci vuole niente».

Mino teneva segnato sul taccuino: fiume uguale river, mare uguale sí.

Ognuno di loro dice cosa farà in America.

Mino andrà in cerca di Glenn Miller e gli proporrà di aiutarlo a portare gli strumenti se in cambio gli insegnerà a suonare.

Antonio aprirà un negozio di sigarette e gomme americane e ogni tanto manderà dei soldi alla madre cosí non si dispiace che è partito.

Il Biondo comprerà un cappello che ha visto nei film americani.

Giovanni Capece Massimo farà un giro per vedere di che si tratta e poi tornerà al paese ad aiutare il padre.

Che poi i fatti erano precipitati la sera prima. Antonio e Mino avevano piú volte raccontato agli altri il progetto di andare in America. Il Biondo aveva detto sempre: «vengo pure io». Capece aveva fatto un sacco di problemi: ma se non sappiamo nemmeno dove sta, e se è lontana, e poi a mio padre che gli dico, quelli ci vengono ad acchiappare fino a là e ci accidono 'e mazzate.

La sera prima si erano visti come al solito alle sette, dopo il lavoro, ed erano andati alla festa davanti al Comune con l'orchestrina americana vera e le ragazze con i capelli sciolti e i vestiti leggeri che facevano capire qualcosa delle forme che stavano sotto. Avevano ballato fino a sudare, e poi si erano seduti a bere un po' di vino per riposarsi dopo aver urlato con tutte le forze che avevano: PENNSILVENIA-SICS-FAIV-O-O-O.

Fu il Biondo a dire all'improvviso: «Qua facciamo solo chiacchiere. Ma perché non ce ne andiamo in America veramente?»

Mino e Antonio si guardarono. Erano ubriachi. Fecero sí con la testa.

Poi Mino chiese: «quando?»

«Domani» rispose Antonio.

Si voltarono a guardarlo. Si era fatto serio. «Chi ci sta?»

«Io sí» disse il Biondo.

Antonio guardò Mino.

«Anch'io» disse Mino.

«Voglio venire pure io» disse Capece.

«Occhei» disse Antonio, facendo il gesto che facevano gli americani.

Risero.

Poi Antonio spiegò il piano che aveva in mente da un sacco di tempo.

Una volta aveva accompagnato il compare suo a fare una visita a una persona importante in un paese che non sapeva nemmeno come si chiamava, dove però c'era un fiume. Erano andati con la corriera che parte ogni mattina alle nove da piazza del Duomo. Si fa un po' di strada, la corriera si ferma in ogni paese, e poi a un certo punto si arriva a questo paese dove ci sta il fiume. Basta chiedere all'autista dove devono scendere. Faranno finta di andare a lavorare come ogni mattina, però ognuno di loro si deve procurare un po' di soldi e molta roba da mangiare perché per arrivare in America meno di due o tre giorni non ci vogliono, secondo lui. Prenderanno la corriera, scenderanno al paese dove sta il fiume, scenderanno al fiume e con tronchi di albero si costruiranno una zattera. Sulla zattera percorreranno il fiume fino al mare. Nel mare ci sono i bastimenti e altre barche che vanno in America. Con la zattera si avvicineranno a un bastimento, chiederanno di salire: e si faranno dare un passaggio in America.

L'autista urla: «Guagliú, siete arrivati. Dovete scendere qua».

Scendono. C'è un sole accecante. La piazza è larga e silenziosa. Si sentono rumori di piatti e posate dalle case vicine. È ora di mangiare.

«Che ore so'?» chiede Antonio.

Nessuno tiene l'orologio.

Vedono una signora che cammina piano perché tiene in testa un cesto pieno di pomodori.

«Signò, scusate, dove sta il fiume?»

La signora risponde stendendo il braccio teso intanto che si gira piano piano verso il punto che vuole indicare per non far cadere il cesto posato su un panno arrotolato sul capo. Soltanto quando si ferma dice: «di là».

Vanno. Sono sudati. Fa un caldo. C'è una fontana. Bevono. Poi riempiono la bottiglia.

Mentre camminano bevono ancora. L'acqua finisce un'altra volta.

Percorrono un vicolo stretto, l'ombra è poca lo stesso ma rasentando il muro la percorrono. Alla fine, incrociano una strada larga, e c'è di nuovo il sole forte. Piú lontano c'è un'altra strada. Le due strade sono unite da un ponte.

Lí sotto, allora, ci deve stare il fiume.

Si affacciano. C'è. L'acqua è molto bassa, pare. Si guardano e ridono. Tranne Antonio quella volta col compare, nessuno di loro ha mai visto un fiume. River. Va diritto diritto nel mare. Cosí sanno.

«Non si muove» dice Capece.

«Antonio già ti ha detto che lo chiediamo a qualcuno da che parte sta il mare» dice il Biondo.

Si guardano intorno. Non c'è nessuno.

«Ora scendiamo» dice Antonio. «Poi quando passa qualcuno, lo fermiamo».

C'è una scalinata stretta. Scendono. Sono sulla riva del fiume, ora. Intorno: due o tre alberi fragili.

Capece: «Ci sono pochi alberi qua».

Antonio: «Andiamo a vedere piú in là».

Mino: «Dove? Di qua o di là?»

Antonio: «Di qua». Si mostra sicuro, perché si è già scocciato delle domande dei compagni.

Salgono di nuovo sulla strada. Camminano verso l'orizzonte sgombro di case. Fa un caldo.

«Ho sete» dice Capece.

«Bevi al fiume» dice Antonio.

«Non si può bere l'acqua del fiume».

«Chi te l'ha detto?»

«Lo so».

«E noi la beviamo lo stesso».

Dopo le case, gli alberi. Tanti, con tronchi massicci. Sulla destra, un sentiero scosceso conduce giú al fiume. Scendono. Piano piano. Si tengono alle piante, alla spalla di quello davanti, o tirano la maglia a quello che sta dietro. Scivolano, poggiano le mani a terra. Qualcuno si lascia cadere fino a giú.

Ora sono sulla riva del fiume.

L'acqua è molto bassa. Mino immerge la bottiglia. La riempie. La solleva. È un liquido scuro. Acqua e terra.

«Che schifo».

Nessuno beve.

Mino getta la bottiglia nel fiume. La guardano. Lentamente, molto lentamente va verso l'altra sponda.

«Non lo sapremo mai dove sta il mare» dice Giovanni Capece Massimo.

«Capè, mi hai scocciato. Ti stai sempre a lamentare. Ti ho detto che poi chiediamo. Non ti preoccupare. Mo dobbiamo pensare a costruire la zattera».

Vanno verso un albero abbastanza grande.

«Come li tagliamo gli alberi?» dice Capece.

Silenzio.

È vero, come li tagliano? A questo nessuno aveva pensato.

Guardano Antonio. Il piano è suo.

«Dobbiamo tornare in paese a farci dare qualcosa per tagliare gli alberi» dice Antonio.

«Ora mangiamo» dice il Biondo.

«Sí» dicono gli altri.

Antonio: «Ragazzi, non esageriamo: questa roba ci deve durare tre giorni». Ha fame pure lui, però.

Nei sacchetti ci sono fette di pane già morsicate, e quasi non bastano ora.

Il Biondo: «Perché, ce la facciamo ad arrivare in America in tre giorni?»

Antonio: «Può darsi che ce ne vogliono pure quattro».

Capece: «Secondo me di piú».

Mangiano tutto. Ma nessuno lo dice, nessuno ha il coraggio di buttare i sacchetti.

Li arrotolano di nuovo, come se dentro ci fosse qualcosa.

Si stendono sull'erba. Uno dopo l'altro si addormentano.

Gli ultimi mesi erano stati difficili. Il paese sembrava ormai una sala da ballo il mattino dopo la notte di San Silvestro. Ogni giorno si svuotava un altro po', c'era sempre qualcuno che partiva e piú nessuno che arrivava, e nell'aria c'era quel silenzio malinconico del ricordo dei bagordi, rotto soltanto dai pianti di chi aveva creduto che il suo Giò non partisse piú – pianti che diluivano presto in rassegnazione fatale. La vita tornava a una normalità che non era piú normale da molti anni, e che alcuni non ricordavano piú, mentre Mino e compagnia non l'avevano praticamente conosciuta. Loro, erano cresciuti tra partenze e lettere di padri in guerra, paura di improvvise grida tedesche, tuonare di bombe, ore senza tempo nei rifugi; e poi cavalcate sulle spalle di neri ubriaconi che urlavano «cam an» e correvano e ridevano – poi sigarette, serate deliranti nel casino e ritorni a casa con l'euforia di una vita fatta tutta di giorni festivi e di am-lire facili facili:

bastava lasciare un biglietto sotto la porta di una ragazza che un Giò qualsiasi si voleva fare a tutti i costi, procurare pane o acquavite o qualsiasi altra cosa, e i soldati americani infilavano due dita nel taschino della camicia e cacciavano soldi di carta preziosi.

Si mangiava ogni giorno: questo era. Mino, Antonio, il Biondo erano i piccoli eroi delle loro famiglie perché ogni volta tornavano a casa con soldi o roba da mangiare; e non lavoravano mica, quando mai, si divertivano e come, stavano dalla mattina alla sera in strada e sfottevano Giovanni Capece Massimo che stava curvo sopra dei calzoni da rammendare, accanto al padre che ormai teneva la gobba, e Capece lo sapeva che un giorno, se continuava cosí, la gobba pure a lui non gliela toglieva nessuno. Ma non si preoccupava troppo, non ci pensava, faceva quello che doveva fare da quel giorno che la madre andò a svegliarlo molto presto, lo vestí e gli preparò un bel zuppone, e poi disse: «stamattina scendi con papà». E lui era sceso in silenzio, e col padre non si erano mai detti una parola in piú, lavoravano e basta, e da quando c'erano gli americani lavoravano bene perché quelli, grandi e grossi com'erano, tenevano sempre uno strappo da qualche parte della divisa. Poi alle sette smontava e andava sotto casa di Antonio e Mino, che abitavano uno di fronte all'altro, e allora c'era soltanto da scegliere cosa fare, che ci sarebbero state risate, sigarette, femmine e soldi.

Poi gli americani cominciavano ad andare via, incuranti della tristezza che stava trasformando il paese: ce ne stavano sempre di meno al caffè di piazza Margherita, e soldi non se ne vedevano quasi piú. Alla fine, anche Mino, Antonio e il Biondo si erano dovuti arrendere e avevano trovato un lavoro mal pagato e faticoso. Alle sette si vedevano e finivano per andare al casino se non c'era una festa da ballo dove si potevano sfrenare fino a quando non spegnevano l'ultima lampadina, e pensavano che quella volta poteva pure essere l'ultima. Poi tornavano a casa per ultimi, tardi sí ma piú presto di prima e calciando pietre con le mani in tasca ricordavano questo Giò o quell'altro, quella volta che e quell'altra che, ed erano felici di quella felicità che poi mentre sali le scale di casa diventa all'improvviso tristezza profonda, insopportabile, che ti giri cento volte nel letto, sudi e non dormi mai.

Allora, non c'è da fare altro che partire per l'America.

Zanzare. Chiazze rosse al risveglio. Prurito. Sete. Molta sete. Pure fame, un'altra volta. Prurito.

Bisognerebbe andare in paese, procurarsi un martello, un'ascia, un'accetta, qualcosa per tagliare i tronchi.

Guardano Antonio: chissà perché dovrebbe andarci lui.

«Facciamo la conta» dice.

Discutono, perché ognuno ha paura che poi la conta esca a lui.

Non hanno nessuna voglia di andare di nuovo in quella piazza e chiedere in prestito un'accetta. La gente può pure pensare: chiste so' pazze.

«Hai fatto un piano geniale» dice il Biondo ad Antonio.

«Perché, che tieni da dire?» dice Mino.

«Vuole andare con la zattera, e si è scordato che dovevamo tagliare gli alberi» dice Capece.

Già, la zattera. È per questo che stanno lí, sulla riva di un fiume senza piú acqua né da mangiare, intanto che il sole si abbassa, si ingrandisce e perde luce.

Pensano: e se fa buio, come facciamo? Nemmeno a questo avevano pensato. Poi: rumore di passi che franano dal sentiero. Non c'è piú bisogno di fare la conta. Sono due carabinieri.

Ufficio dei carabinieri. Sera. Quasi notte. Il maresciallo ha detto: «Chiudeteli nella cella, cosí si imparano a tenere la capa fresca».

Non è una cella. È la stanzetta a fianco a quella del maresciallo. Ci sono due scrivanie vuote. L'appuntato si è portato via le due sedie e li ha chiusi dentro a chiave.

Il Biondo piange. Singhiozzi. Antonio gli dà una spinta e dice: «e statte zitto, quanne sí scemo!», e poi comincia a piangere pure lui, però in silenzio perché si vorrebbe trattenere. Mino non se lo aspetta. Capece non li sente nemmeno, sta seduto a terra, la testa bassa tra le spalle. Non dice una parola da quando stavano al fiume.

Tutti e quattro si chiedono se è possibile che li lasciano tutta la notte là dentro.

Non è possibile. I parenti arrivano uno dopo l'altro, ma prima si devono sorbire la lezione del maresciallo: e voi dovete fare attenzione, qua viviamo tempi difficili, i ragazzi di oggi teneno 'a capa fresca.

I genitori del Biondo entrano per primi. C'è stato un silenzio di attesa intanto che l'appuntato infilava la chiave nella toppa.

La madre si inginocchia e piange, dice «bell'e mammà» e piange. Piange pure il Biondo. Il padre tiene il vestito buono e tutti i capelli tirati indietro. Capelli scuri. Mette una mano sulla testa del figlio e guarda male gli altri tre. «Andiamo» dice.

Vanno. La porta si richiude. A chiave.

Il padre di Capece non dice una parola, gli mette la mano sulla spalla e lo spinge piano da dietro per indicargli la strada.

Capece tiene la testa bassa e non saluta.

Porta chiusa. Passa un po' di tempo. Poi si apre un'altra volta.

Entra la madre di Antonio. Poi lo zio di Antonio. Poi il maresciallo in persona. La madre di Antonio è una signora molto bella, però non si deve dire sennò Antonio si arrabbia. Antonio si fa avanti, lo zio tiene la madre per un braccio, lei guarda il figlio, con uno scatto improvviso fa partire il braccio e lo colpisce con uno schiaffo forte in pieno viso, poi comincia a colpirlo con la borsetta, comincia soltanto perché lo zio dopo un primo momento di sorpresa ora le tiene il braccio, lei urla, il maresciallo si mette in mezzo, Antonio non piange, rimane immobile e si tiene la parte colpita con il dorso della mano.

«Chiedi scusa a tua madre» dice lo zio.

«Signò, mo vi dovete calmare» dice il maresciallo.

«Scusa» dice Antonio.

«Marescià, tenetevelo qua dentro a sto fetente. Dorme qua. Se domani me ne tiene me lo vengo a pigliare. Tanto a casa sua non ci piace di stare, è vero?»

«Signò, non è possibile. Il ragazzo...»

«E fatelo diventare possibile».

La signora con un piccolo strappo allontana la mano dello zio e Antonio con uno scatto tira dietro il viso per paura di un altro schiaffo. Non c'è nessuno schiaffo. La madre se ne va senza salutare. Il maresciallo spiega allo zio che se lo deve portare per forza. Lo zio se lo porta. Lo tiene per la nuca. Forse gli fa male.

Mino rimane solo. Ha guardato tutta la scena staccandosi dal muro dove stava appoggiato ed è stato sempre sul punto di intervenire.

Ha voglia di piangere e piangere forte stavolta, ma non piange.

Tiene lo sguardo fisso sulla porta.

Non si apre.

Non si apre.

Poi finalmente si apre.

È il padre. Entra nella stanza e lo abbraccia in silenzio.

Sembra non finire piú. Mino tiene le mani lungo i fianchi e ora che è salvo ha di nuovo il viso duro di uomo già fatto.

«Tua madre ti aspetta a casa. Un altro poco le facevi venire un colpo».

Stanno tutti a tavola ad aspettare a lui. La madre lo vede e piange come piange lei: in silenzio e con lacrime che scendono copiose e veloci. Non gli va nemmeno vicino, si alza e va verso la pentola. Mino va a lavarsi le mani. Torna. Pastasciutta, piena di formaggio come piace a lui. A quest'ora. Tutti hanno un piatto normale, lui tiene un piattone pieno che non si può amalgamare la pasta. Nessuno protesta. Si siede e mangia. Mangiano tutti.

«Mi deve dare i soldi che si è rubato» dice il fratello.

«Quanto ti sei preso?» dice il padre.

«Poco».

«Me li deve dare lo stesso».

«Te li do io, – dice la madre. – Mo statte zitto e pensa a mangià».

«Quant'è fesso, voleva andare in America». Gli altri fratelli ridono. Si sente uno schiaffo. Non ride piú nessuno. Mino ha la testa nel piatto, non ha guardato e non guarda. Sa che cosa è successo. Non gliene importa. Mangia. Mangiano tutti.

Il giorno dopo il padre lo porta dal barbiere. E poi quando torna a casa trova sul letto un vestito nuovo nuovo. Se lo prova. Sta bene. La madre gli dà un bacio in fronte. Dice: «promettimi che non lo fai mai piú». Mino sorride. Alle sette meno un minuto esce. Scende giú e a ogni rampa salta gli ultimi tre scalini.

Antonio è affacciato alla finestra a guardare la gente sotto.

Ieri sera: digiuno. Mattina: digiuno. A pranzo, un piatto di patate. Gliel'ha portato la sorella, senza dire una parola. Poi ha chiuso a chiave un'altra volta. Da ieri sera, non si è fatto vivo nessuno.

Guarda l'orologio. Le sei e un quarto. Alle sette di solito si vedono sotto casa. Mino abita di fronte.

Infatti alle sette in punto compare sul portone. È tutto pulito e sembra appena uscito dal barbiere. Antonio vorrebbe chiamarlo, ma non vuole farsi sentire e invece dovrebbe urlare. Prende un tappo di sughero che tiene sull'armadio, e lo tira. Non lo colpisce, ma Mino vede il tappo passargli davanti e poi danzare a terra. Alza la testa, e lo vede.

Fa segno: scendi.

Antonio fa segno: no.

Mino fa segno: perché?

Antonio alza le spalle.

Mino fa segno: aspetta. Poi fruga nella tasca dei calzoni e tira fuori un biglietto grande. Soldi. Ride. Antonio gli sorride.

Giovanni Capece Massimo. Arriva alla solita ora: sette e cinque. Testa bassa, ma sorride. Si avvicina a Mino e ammira il vestito.

Il Biondo. Lui, ci è andato meglio di tutti: la bicicletta.

Capece e Mino si fanno intorno, la toccano, suonano il campanello fino a quando il Biondo con gesto autoritario li fa smettere.

Parlano.

Mino fa segno: su.

Guardano su. Salutano Antonio. Sorridono.

Il Biondo fa segno: hai visto la bicicletta?

Antonio fa sí con la testa.

Il Biondo fa segno: non puoi scendere?

Antonio fa no con la testa.

Il Biondo alza le spalle. Poi fa segno: domani.

Antonio non risponde.

Mino ora dice qualcosa al Biondo. Il Biondo dice no, e Mino insiste. Tiene una mano sul manubrio e con l'altra spinge il Biondo per farlo scendere: forse vuole fare un giro, ma non ci sta niente da fare. Mino spinge di piú, il Biondo sta per cadere. Non cade. Capece ride.

Mino fa un gesto come per dire: va' a quel paese, e anche: chi se ne frega della tua bicicletta. E comincia a camminare. Il Biondo scende dalla bicicletta e si mette a camminare al fianco di Mino, tenendola con le mani. Capece è un po' dietro. Si volta. Guarda su. Saluta. Antonio risponde. Li guarda fino all'ultimo angolo, poi si sporge per cercare di vedere ancora. Torna dentro e si stende sul letto. Vorrebbe piangere, e non piange.

Postfazione

Esistono tre fasi negli anni successivi all'uscita di un libro. La prima, è di un allontanamento rapido per far posto alle altre idee, con un legame emotivo positivo o negativo a seconda delle sensazioni avute, ma tutte le sensazioni sono ancora palpabili, vicine – troppo vicine; la cosa migliore da fare è lasciar perdere, pensarci il meno possibile. La seconda, è un periodo di confusione totale, in cui non si ha alcuna idea di cosa si è scritto, non si ha un giudizio, non si capisce nemmeno se quel libro ha portato qualcosa alla strada percorsa in seguito. La terza fase è l'ultima, piú lontana, ma anche piú lucida, rasserenata: si approda a un giudizio del libro piuttosto realistico, con una propensione all'affetto e alla tenerezza perché identifichiamo il libro con un periodo della giovinezza; insomma, nella terza fase abbiamo digerito la questione, sappiamo affrontarla con distacco consapevole e capiamo di quel libro cose che per lungo tempo non abbiamo saputo capire. Trattandosi poi, come in questo caso, del libro d'esordio nella narrativa, il rapporto con il contenuto (e con se stessi in quel periodo, e con la propria scrittura cosí com'è nata) è ancora piú complesso.

Detto questo, bisognerebbe proprio che, nel momento in cui si decide di ripubblicare un libro, si sia approdati alla terza fase. In qualche modo, dovrebbe essere proprio quello il motivo principale per ripubblicarlo. E invece dichiaro subito che mi trovo decisamente nella profondità degli abissi della seconda – e la seconda fase è cominciata quasi subito, e sembra non finire mai. Sono in uno stato di confusione che non riguarda soltanto il mio libro di esordio in narrativa, questo che avete tra le mani, ma piú in generale tutto quello che ho scritto e, piú in generale, tutto quello che è successo nella mia esistenza. Un periodo di confusione ostinata, in cui penso – ma forse lo si pensa sempre nei periodi di confusione, è la loro caratteristica – che sarà impossibile uscirne. Ho l'impressione che durerà tantissimo tempo; e se non ne sono certo è perché sono talmente confuso che sono confuso anche su quanto sono confuso.

Per questo motivo, posso dire davvero poco del libro in sé, dei racconti. Posso piú che altro cercare di ricordare quel periodo; e anche che grazie a questo libro in qualche modo sono diventato uno scrittore, ho avuto la percezione che – sempre in qualche modo – potevo fare questo mestiere, e cioè che in qualche modo avrei scritto altri libri. Per dire meglio: che mi avrebbero pubblicato altri libri; perché altri racconti, altri libri li avrei scritti comunque. Mi ha dato dei capogiri, delle vertigini che sono legate – che possono essere legate soltanto al primo libro. Ancora: con quelle vertigini ho combattuto in modo abbastanza stupido. Perché credo che questa sia la caratteristica durante il passaggio dalle proprie aspirazioni astratte alla improvvisa realizzazione concreta: da una parte si è felici, si pensa alla vita futura come a un inventario di possibilità; dall'altra ci si ostina a respingere quella euforia in nome di un atteggiamento professionale, di un distacco da comunicare al mondo, che vorrebbe significare: meno sono entusiasta, piú sono all'altezza. Essere all'altezza vuol dire far finta di aver sempre saputo di essere capaci di scrivere un racconto. Una delle piú grandi menzogne che ci si racconta.

È quello che mi è successo quando ho pubblicato *Storie di primogeniti e figli unici*. Per esempio, ogni volta che leggo delle note biografiche non redatte da me – che di solito preferisco risolverle in due righe al massimo – accanto al titolo di questo libro, tra parentesi, c'è scritto: Premio Berto e Premio Chiara. Ed è un modo per ricordarmi che questo libro è stato fortunato, e di conseguenza quel periodo.

Quando andai a ritirare il Premio Berto a Mogliano Veneto, l'industriale che mi consegnò la targa, si avvicinò al mio orecchio, sul palco, e mi sussurrò: Ho dimenticato di farle l'assegno, glielo do dopo. Il resto della cena lo passammo, io e Giulia, l'ufficio stampa della casa editrice, a chiederci come potevamo ricordare all'industriale dell'assegno, perché lui ogni tanto incrociava il mio sguardo e mi sorrideva, e io anche gli sorridevo mentre cercavo di mettere nel mio sorriso un'espressione che fosse un sollecito di pagamento quanto piú educato possibile. Ma non avevo mai organizzato un'espressione del genere, quindi dovevo essere poco efficace; e lui pareva essersene completamente dimenticato. Fino a quando, a fine cena, quando ormai era tutto finito e temevamo mancassero pochi secondi alla scena dell'industriale che si alzava e se ne andava per sempre, Giulia prese coraggio e con la maggiore cortesia del mondo sussurrò nell'orecchio dell'industriale che le dispiaceva ricordarglielo, però, insomma... e lui ebbe una reazione sinceramente mortificata, chiamò il suo segretario, si fece tirar fuori il libretto degli assegni e ne compilò uno tutto per me.

Mentre andavamo al Premio Chiara a Varese, continuavo a dire a Giulia che ero molto emozionato per il fatto che uno dei due altri finalisti fosse Daniele Del Giudice, che era uno scrittore che amavo tantissimo e che avrei conosciuto (l'altro era Michele Mari, ma ci eravamo già conosciuti). Giulia cominciò immediatamente a ossessionarmi sulla mia timidezza, sul fatto che non dicevo nulla in queste situazioni (allora era vero, ora non piú), e che era bello e doveroso dire a Daniele Del Giudice quello che stavo dicendo a lei in macchina. Io pensavo che Daniele Del Giudice nemmeno sapesse della mia esistenza, chissà se sarebbe venuto, e chissà se mi avrebbe degnato di un suo sguardo.

Quando arrivammo in questo grande albergo sulle colline, lí fuori trovammo proprio Daniele Del Giudice insieme a due o tre persone dell'Einaudi. Allora Giulia cominciò a dire: eccolo là, mi raccomando, sii carino, sii bravo, sii gentile, non essere timido, diglielo che lo ammiri, sarà contento.

Scesi dall'auto, mi dissi che potevo farcela, e puntai dritto verso Daniele Del Giudice. Il quale già mi sorrideva mentre mi avvicinavo, e poi quando arrivai da lui e allungai la mano e stavo per dire che lo ammiravo ed ero molto felice di conoscerlo, ed ero emozionatissimo, e per me era un grande onore, insomma avrei trovato il modo di organizzare tutte queste cose con dignità, lui mi sorrise di piú e disse: Francesco, sono molto felice di conoscerti.

E io risposi: infatti.

E poi mi chiusi in un silenzio torvo e inebetito, perché non me l'aspettavo.

Per il resto del pomeriggio, Giulia mi insultò. E non ce n'era bisogno: ero già mortificato di mio, e da quel momento, il mio unico pensiero fu trovare un attimo in cui potermi avvicinare a Daniele Del Giudice e dirgli quello che non ero riuscito a dirgli. Ci riuscii molto tardi, mentre scendevamo per le scale dalla sontuosa cena verso il chiostro dove si svolgeva la cerimonia: ho visto per un attimo Del Giudice scendere da solo, mi sono fiondato accanto a lui e gli ho detto in modo scomposto, frettoloso e poco incisivo (poco credibile, forse) tutto quello che volevo dirgli. È stato gentile e schivo, avrà pensato anche che ero un po' scemo, però a quel punto mi sono risollevato. La serata è andata avanti poi in modo piuttosto problematico. Noi tre autori finalisti eravamo seduti a un lato del chiostro. Dietro di noi, parenti e giurati, insieme a un signore con un grande maglione di Missoni seduto accanto a una signora con un grande maglione di Missoni. L'uomo dormiva e russava. La moglie mi ha sorriso come per scusarsi. E poi all'improvviso ho capito chi era: Ottavio Missoni. Stavolta era lui, mi pare, l'industriale-sponsor della serata. Insomma, forse quello che dava l'assegno del premio. Forse è uno di quelli che vanno a letto presto, oppure era molto stanco quella sera, fatto sta che nonostante fosse Missoni, russava beatamente raggomitolato nel suo morbido maglione, strapieno di colori tenui.

Qualche posto piú in là era seduto Giuseppe Pontiggia, altro scrittore gigantesco, che avrebbe ricevuto il premio alla carriera.

Credo avesse pubblicato da poco *Vite di uomini non illustri*. Mi sono guardato bene dall'alzarmi e dargli la mano e dirgli quanto lo leggevo e lo ammiravo. Per un motivo molto semplice: da quando ero arrivato in albergo e Del Giudice era stato felice di conoscermi, ero cambiato – anche se non ne ero ancora del tutto consapevole. Avevo l'impressione molto piacevole che tutto il mondo della letteratura italiana, tutto, sarebbe stato felice di conoscermi. Di conseguenza, anche Pontiggia. Però questa mia convinzione aveva ancora una sua fragilità costitutiva, e allora ho pensato di fare una furbata con me stesso: non ci vado a salutare Pontiggia, mi sono detto, cosí posso pensare che lui mi avrebbe detto, sorridendomi, forse alzandosi in piedi appena mi avesse riconosciuto: Francesco, sono molto felice di conoscerti. Quando ero in macchina in direzione Varese, ero timido e incantato, mi sentivo un intruso. E poi la gentilezza di Del Giudice – che chissà, forse diceva cosí a tutti quelli che incontrava, per educazione – mi aveva trasformato in un giovane scrittore piuttosto consapevole di sé, e piuttosto convinto che lí fuori molti scrittori importanti si stessero dicendo: ma tu lo conosci? Io sarei cosí felice di conoscerlo...

Mi sembrò una furbata gigantesca quella di non aver verificato fino in fondo lo stato effettivo della mia notorietà tra i miei vecchi colleghi, quella volta.

Al centro del chiostro c'era un pianoforte, un oggetto facilmente identificabile sul pianoforte (di cui dirò poi), e una lavagna come quelle che ci sono a scuola, con i nostri tre nomi, e una ragazza che man mano che venivano annunciati i voti, segnava il punteggio. La serata era presentata da Paola Gassman, ma soltanto dopo che lei e Ugo Pagliai avevano letto una lunghissima serie di poesie che tutti, scrittori, giurati, pubblico e autorità, ascoltavamo in silenzio, via via piú insofferente e annoiato, non per colpa delle voci della Gassman e di Pagliai, o dei poeti, ma della lunghezza infinita della cosa. Da queste sensazioni rimaneva escluso, ovviamente, Ottavio Missoni, che dormiva.

Dopo lo spoglio di un bel po' di schede (ci aveva scelti una giuria, ci votava un ampio gruppo di lettori) io e Del Giudice eravamo molto votati, Mari meno. Poi dopo altri voti si capiva che io ero avanti, e quando il notaio pronunciò tre Del Giudice di seguito, Del Giudice si sporse verso di me e disse: attento che ti prendo. E mi spaventò un po', perché cominciavo a pensare che volevo vincere – a quel punto.

Poi, prima dell'ultima tornata di estrazioni, si decise che era arrivato il momento di premiare Giuseppe Pontiggia. Pontiggia era innervosito dalla lunghezza della serata, e qualcuno sbagliò anche il suo nome, quindi ebbe un gesto di stizza. Ma tutti lo applaudimmo molto quando andò al centro della scena, e Paola Gassman gli annunciò che il premio consisteva nella scultura di un artista locale che l'aveva ideata e realizzata apposta per lui. A quel punto Paola Gassman si girò e disse: non so quale sia la scultura. Ora, ripeto: dietro di lei c'era la lavagna – e la scultura non poteva essere la lavagna, non fosse altro perché ci stavano tenendo il conto dei voti; la ragazza che segnava i voti, che a scanso di equivoci, quando Paola Gassman aveva cominciato a cercare la scultura, si era ritirata nell'ombra; il pianoforte – e non era la scultura. E poi c'era questo oggetto pesante appoggiato sul pianoforte che aveva i chiari tratti di una scultura. Era una scultura proprio come uno si immagina sia una scultura.

Provate a pensarci. Ecco, era su per giú come l'avete pensata.

Tanto che Paola Gassman ha azzardato che forse la scultura poteva essere quella, ma non ha avuto abbastanza coraggio per sancirlo definitivamente. Noi intanto, tutti noi abbiamo cominciato a urlare, agitandoci, «è quella, è quella» e con il dito indicavamo la scultura. Ci siamo agitati e abbiamo urlato tanto che quasi svegliavamo Missoni. Paola Gassman è stata poco coraggiosa, in quel frangente: ha intuito che fosse quella, ma non ce l'ha fatta a prenderla e consegnarla a Pontiggia; il quale era imbarazzato, perché ovviamente anche lui aveva capito che la scultura era la scultura, ma per educazione e rispetto delle procedure non si permetteva di prendersela da solo. Ed è stato a questo punto che la Gassman ha deciso di risolvere la questione chiamando sul palco lo scultore in persona, che si è alzato tra gli applausi sollevati del pubblico. Lo avevo già notato, quel signore: era tra coloro che urlavano con piú esagitazione «è quella», indicando la scultura. Lo scultore in persona ha avuto quindi il compito di individuare e andare a prendere la scultura che aveva realizzato. Lo ha fatto senza esitazioni. L'ha poi consegnata nelle mani di Pontiggia, mentre la Gassman diceva che lei comunque lo aveva capito che era quella.

Poi durante l'ultima votazione è diventato chiaro che aveva vinto il mio libro, e Daniele Del Giudice, quando la gente ha cominciato ad applaudire perché ormai si era capito chi aveva vinto, mi ha stretto la spalla e mi ha detto sorridendo: sono proprio contento che hai vinto tu, davvero. Mi sono morso la lingua fino a ferirmi, per non rispondere: infatti.

Ero molto contento, anche per i soldi, perché mi ero sposato due mesi prima e avevamo parecchio bisogno di soldi. Ed ero addirittura felice per le parole di Daniele Del Giudice. Ma nel momento in cui Paola Gassman mi ha fatto segno di salire sul palco, nell'attimo in cui mi sono alzato per ritirare il Premio Chiara, per una valutazione completamente sbagliata, ho ammazzato definitivamente e in piena consapevolezza la mia felicità. L'ho proprio soffocata. Ho ritirato il premio, ho detto con totale sincerità che ero orgoglioso di far parte di un gruppo di finalisti che comprendeva Del Giudice e Mari e i loro libri di racconti che avevo amato tantissimo. E intanto però non solo pensavo di essere ormai una persona conosciuta e benvoluta dai colleghi, ma soprattutto pensavo con freddezza e consapevolezza una cosa che, poiché la pensavo solo dentro di me, non avevo vergogna di pensarla: parla bene, sta' tranquillo, non ti agitare, non ti eccitare troppo anche se sei contento, tanto ti capiterà – ormai è palese – altre decine di volte questa situazione. È chiaro che ormai la tua vita, mi dicevo, sarà fatta cosí: scriverai un libro, lo pubblicherai, avrai belle recensioni, e poi Giulia ti chiamerà per andare a ritirare un premio e poi un altro. E alla fine, dopo molti anni, come Pontiggia, andrai a ritirare delle sculture come premio alla carriera. Quindi, datti un tono, non ti crogiolare, non continuare a sentirti l'ultimo arrivato. Hai visto, Del Giudice era molto felice di conoscerti; Pontiggia forse, chi lo sa.

Quando sono tornato al mio posto, Giulia si è avvicinata e mi ha sussurrato all'orecchio: certo che quest'anno ti è andata di culo. Quella frase avrebbe dovuto insospettirmi sul futuro, ma non mi ha insospettito. Dopo il premio, siamo tornati ai tavoli per un dessert, e passando accanto al tavolo principale, ho visto Ottavio Missoni sveglio, abbastanza sveglio da rispondere alla sollecitazione della moglie che mi indicava per dire: salutalo, è il vincitore. E Missoni ha alzato un braccio, e anche io da lontano ho alzato un braccio e gli ho sorriso.

Soltanto qualche tempo dopo, ho letto un libro e ho capito bene cosa mi era accaduto la sera del Premio Chiara. Il libro era *L'informazione* di Martin Amis. E in particolare, quello che succede a Richard Tull, uno dei due scrittori protagonisti del romanzo, poco dopo aver pubblicato il primo libro: un giorno sale in metropolitana e, davanti ai suoi occhi, si ritrova quello che uno scrittore ha sempre immaginato fin da quando era un adolescente che sognava di scrivere: un giovanotto sta leggendo un libro, concentrato e assente da tutto quello che accade intorno. E quel libro ha scritto sulla copertina il nome dell'autore: Richard Tull. Un lettore che in metropolitana legge il tuo libro.

> Aveva preso in considerazione l'opportunità di dirgli qualcosa. Magari di dargli una pacca sulla spalla. O di mostrargli il pugno con il pollice sollevato. O di strizzargli l'occhio. Ma aveva pensato: mantieni la calma. Sei al tuo primo libro. Questo genere di cose ti capiteranno in continuazione. Devi farci l'abitudine... Non era mai piú successo, naturalmente.

Ecco: nella sostanza, non è mai piú capitato di vincere un premio.

Non fa niente, non è che ci sia rimasto male. Però il mio rammarico è stato quello di non essere stato abbastanza felice quella sera, come invece ero, soltanto perché pensavo che mi sarebbe accaduto ancora. E non solo quello. Il mio rammarico, con me stesso, è nell'aver accettato la regola del disincanto, che sembra bisogna accogliere dal primo giorno in cui diventa un mestiere quello che avevi sognato di fare. Non mi è facile perdonarmi di aver accettato di essere per un periodo – nel periodo piú significativo, cioè quello del debutto – un disincantato, o qualcosa del genere. E mi sono convinto che è successo proprio quella sera. Forse addirittura nel pomeriggio, quando Daniele Del Giudice è stato molto felice di conoscermi. Insomma, in quel giorno è comparso questo disincanto, e l'ho accolto con disinvoltura, convinto di fare la cosa giusta.

Dopo qualche giorno, forse dopo qualche settimana dal Premio Chiara, una mattina, mentre ero a Roma, a casa, a lavorare al mio libro successivo che mi avrebbe dovuto procurare altri premi, hanno suonato il citofono. Era il postino. È salito e sulla porta mi ha mostrato una busta di dimensioni poco piú grandi dell'ordinario, con su scritto a mano il mio nome e il mio indirizzo. La busta però, avrei potuto ritirarla soltanto pagando duemila lire, perché, mi spiegava il postino, il mittente aveva messo un francobollo ordinario di ottocento lire, e lo aveva fatto volontariamente, diceva. Mi succede spesso, diceva: sono cose pubblicitarie, però sono tirchi e non vogliono pagare la tariffa intera. Senti a me, lascia perdere, non la ritirare. Lo conoscevo da un po' il postino, era giovane, simpatico, complice. Però, dissi, per duemila lire… Lui non era contento che la volessi, mi diceva: questa è gente che ti chiede soldi, ti chiede di abbonarti a qualcosa, sono esperto, vedrai che ho ragione. Ma io, testardo, gli ho dato le duemila lire e a quel punto l'ho aperta proprio lí, sul pianerottolo, perché il postino era curioso e voleva capire di cosa si trattava.

E all'interno c'era una cartolina con molti colori tenui, e sul retro, scritte a mano, delle parole di complimenti e il dispiacere per non essere riusciti a farli di persona per il fatto che l'ora tarda ci ha fatti fuggire dal chiostro. Firmato: Rosita e Ottavio Missoni. Ma è proprio Missoni in persona?, mi ha chiesto il postino. Gli ho risposto di sí, con un certo orgoglio.

Il giorno dopo, quando è tornato, ha di nuovo bussato alla mia porta, anche se non aveva posta per me. Mi ha detto che era andato a vedere a quanto ammontava il capitale sociale della ditta Missoni, e mi aveva detto un numero spropositato, che ho cercato di ricordare ma che proprio non ricordo, ma si trattava, direi, di qualche miliardo di lire. E quindi non poteva crederci che con un capitale sociale di svariati miliardi, Missoni mi aveva fatto pagare il sovrapprezzo della cartolina che aveva scritto. Ho cercato di convincerlo che le due cose non era sensato metterle in relazione, che i motivi dovevano essere stati altri, errore o distrazione o pigrizia o valutazione sbagliata di un dipendente. Ma non l'ho convinto. Mentre invece da allora, ogni volta che vedo Ottavio Missoni in tv o sul giornale, provo una grande simpatia sia perché dormiva sia perché mi ha fatto pagare duemila lire per farmi i complimenti, sia perché insieme alla moglie a un certo punto se n'è scappato dal chiostro.

Ecco, se questi racconti hanno un pregio, è di accogliere quella che Gadda chiamava la «primavoltità» senza mettervi un freno. Sono racconti di debutti nella vita, quindi non possono avere disincanto. Di questo posso essere certo: i racconti che si scrivono prima di essere uno scrittore che pubblica, non sono necessariamente la cosa migliore che si scrive – anzi, in qualche modo uno scrittore, se ha un compito, è quello di scrivere qualche libro migliore del primo libro, è per questo motivo che gli viene concessa una patente, che lo premiano, che smettono di premiarlo, che lo leggono, che lo recensiscono, che finisce per avere una bibliografia piú o meno abbondante; ma sono di sicuro l'espressione piú sincera e incantata del suo talento, della sua voce. Scriverà cose migliori, si spera, ma mai piú cosí limpide e incontaminate.

Dal lato della strada, che è un po' il singolo che si trae dagli album e che si fa ascoltare in radio (insomma, quello che era prima il 45 giri), è esemplare in questo senso – se posso farmi largo tra la confusione. E infatti per anni, ho sentito persone che mi dicevano che gli era piaciuto tanto un mio racconto, che non si ricordavano come si chiamava, e che però parlava di – e già sapevo cosa stavano per dire. Una volta, pochi mesi dopo che il libro era uscito, La Capria mi ha detto: Tutti mi dicono che c'è un racconto bellissimo nel tuo libro. Se mi dici qual è, me lo leggo. E io, che non avevo ancora chiaro che era stato ormai scelto come 45 giri, risposi: Mah, non so, ce ne sono... E lui mi interruppe subito, perché aveva già intuito che stavo per suggerirgli di leggerlo tutto: Non hai capito, tu me ne devi dire uno solo, cosí io mi leggo quello e basta.

E poi l'ho letto centinaia di volte in pubblico, l'ho visto nelle antologie scolastiche, ho detto «infatti» tutte le volte che me lo riraccontavano divertiti, e insomma, alla fine è diventato per me un po' quello che è diventato per Claudio Baglioni *Questo piccolo grande amore* – sí, certo, fatte le dovute proporzioni, è ovvio. Una volta, tanti anni fa, vidi una sua intervista, e lui diceva, con ironia e sincerità, che non sopportava piú quella canzone. Quando all'ennesimo bis dei concerti il pubblico lo implorava, lui si metteva al piano e cantava «quella sua maglietta fina, tanto stretta al punto che immaginavo tutto», e il pubblico cantava con lui, ma gli dava la nausea. Poi, col tempo, questa ostilità è passata, e Baglioni ha cominciato a provare tenerezza per *Questo piccolo grande amore*.

Io sono molto grato a questo racconto, perché è stato oltre tutto decisivo. Lo diedi da leggere a Domenico Starnone, a lui piacque molto e mi chiese se ne avevo altri – ed è stato cosí che ho pubblicato *Storie di primogeniti e figli unici*. Immagino perfino che *Dal lato della strada* costituisca il nucleo di molte, se non quasi tutte, se non tutte, le cose che ho scritto dopo. Lo immagino perché me lo dicono gli altri, e io ci credo, e allora lo ripeto. Ma nella sostanza, non lo leggo da anni, non riesco nemmeno piú a guardare le pagine; però, se davvero corrisponde a ciò che per Baglioni è stato *Questo piccolo grande amore*, devo solo aspettare ancora, e verrà il momento di riconciliarmi, di provare tenerezza. Verrà questa terza fase, che sto aspettando da un bel po' di tempo.

La sto aspettando, anche perché concluderebbe il processo di recupero che ho fatto da quei giorni a ora. Sarò anche molto piú confuso, ora, ma in modo del tutto sorprendente ho combattuto il disincanto fin quasi a sconfiggerlo. So essere molto piú felice ora, e consapevole della fortuna di scrivere per mestiere, di quando ho cominciato. Si può dire, in definitiva, che sto per raggiungere, con molta fatica, una forma di ingenuità dalla quale mi ero rapidamente sottratto allora. È un po' come quando i genitori ti preparano con ansia eccessiva alle difficoltà della vita, per temprarti; il risultato è che passi tutto il resto del tempo in difesa. Diventare adulti vuol dire, spesso, smettere di stare in difesa.

A proposito di racconti, diventare adulti è un po' come avere quella radio che Jim compra alla moglie in uno splendido racconto di John Cheever: invece di diffondere musica classica, diffonde le voci e le storie di tutti i vicini. E cosí lui e la moglie sono costretti a scoprire che la verità delle persone è piú difficile, torbida, meschina, complicata di quel che si vede incontrandole per strada. E – ovviamente – questo rivela che anche i due che ascoltano sono cosí, e lo imparano spiando le vite degli altri. La letteratura, la verità delle cose che può rivelare, è come quella radio; e serve senz'altro a diventare piú consapevoli del mondo.

Però anche la questione della verità è complicata. Infatti, un'altra cosa che ho imparato da questi racconti familiari, è che queste storie che sono andato scrivendo sono diventate vere, nella mia vita. Intendo dire che per la mia famiglia sono diventate la testimonianza della nostra esistenza. È come se fossero dei documenti storici.

Allora, se tutto quello che ho raccontato del Premio Chiara è vero, ed è una cronaca dei fatti, e possiedo ancora ben conservata la cartolina di Missoni, allo stesso tempo i nove racconti che compongono questa raccolta sono appunto dei racconti, sono opera di narrativa, che ha preso spunto dalla realtà, e l'ha rimodellata con l'immaginario di uno scrittore, se l'è aggiustata per convenienza narrativa in molti punti, eccetera – insomma tutto quello che si può dire a proposito della narrativa e del rapporto con la realtà, con l'autobiografia reale, con i fatti accaduti per davvero.

Di tutto ciò, nella mia famiglia, non importa piú a nessuno. Se ho scritto che c'era un bambino che non voleva usare gli ombrelli, se ho scritto che ce n'era un altro che era innamorato di una compagna di scuola, quella cosa è diventata documentazione storica. Ha sostituito per sempre la realtà dei fatti, sia quando li ha sfiorati sia quando li ha stravolti. E guardate che non è di poca responsabilità ricostruire la propria storia, quella dei genitori, dei familiari, degli amici e delle fidanzate, rimetterla in gioco come l'hai immaginata tu e vederla costituire un documento incontrovertibile della verità.

In seguito, ho fatto degli esperimenti. Quest'estate, per esempio, ho scritto un racconto che mi aveva commissionato «Il Sole 24 Ore» su «la prima volta che ti sei sentito italiano». Ho scelto di raccontare un periodo dell'infanzia o poco meno, e cioè le domeniche dell'austerity del 1973. Mi ricordavo quei giorni come dei giorni molto belli, mi ricordavo le strade vuote. E poi non mi ricordavo nient'altro. Ma niente di niente. Cosí, ho ricostruito un'atmosfera familiare diciamo possibile, ma del tutto inventata. Poi mi sono detto: adesso lo faccio leggere a mia madre e lei lo ricorderà proprio come l'ho scritto. E cosí gliel'ho fatto leggere, e lei alla fine ha detto: è andata proprio cosí. Attenzione: può darsi anche che abbia ragione lei; può darsi che valga quell'atmosfera, quella sensazione di felicità a prescindere dalle parole, dai pensieri e dalle azioni; può darsi, addirittura, che io, inventando, tiri fuori da una memoria nascosta qualcosa che credo di inventare ed era cosí per davvero; oppure, come credo piú probabile, per mia madre ogni cosa che scrivo su di noi sostituisce immediatamente la realtà dei fatti avvenuti.

Ora, ci sono due livelli di lettura: il primo è quello vostro, dei lettori, che non conoscono né me né mia madre. È l'unico concreto, vero, l'unico a cui attenersi. Voi leggete un racconto, vi piace o non vi piace, e casomai pensate pure: ma sarà successo proprio cosí? Racconta i fatti suoi? Inventa? Tutti pensieri legittimi, che però alla fine lasciano il tempo che trovano.

Il racconto vi piace, e può bastare. Il racconto non vi piace, e può bastare. E poi c'è un altro livello, trascurabile per la letteratura, ma piuttosto importante e presente per la vita personale dello scrittore, che sancisce alla lettura: quello che c'è scritto qui, da ora in poi, sarà la verità a cui attenersi per noi e per le generazioni successive.

Sarà trascurabile in assoluto, lo è, non c'è dubbio. Ma per me, personalmente, non è trascurabile e può arrivare ad atterrire. Se chi scrive non fosse sfacciato, impudico, e in nome di un racconto capace di calpestare un sacco di cose, sarebbe piuttosto castrante. Insomma, quando scrivo e mi avvicino alla mia famiglia, non ci devo pensare che sto mettendo in piedi, forse addirittura sto inventando, la verità storica – un documento. Altrimenti, mi verrebbe o da bloccarmi immediatamente, o da volgere tutto a mio favore.

E c'è un solo modo per far morire la letteratura: far volgere le vicende a proprio favore.

C'è un solo modo per farla vivere: far volgere le vicende a proprio sfavore. Questa mi sembra l'unica cosa che ho imparato in tutti questi anni. Ma, ripeto, sono abbastanza confuso.

F. P.

gennaio 2012.

Indice

Storie di primogeniti e figli unici

Stampato per conto della Casa editrice Einaudi
presso Mondadori Printing S. p. A., Stabilimento N. S. M., Cles (Trento)
nel mese di febbraio 2012

C.L. 21036

Edizione						Anno			
1	2	3	4	5	6	2012	2013	2014	2015